CW01272304

Carlos Andrés Herrera Penagos

CUENTOS Y UNAS CUANTAS ESTOCADAS

Carlos Andrés Herrera Penagos. Cuentista colombiano nacido en la ciudad de Medellín. Comunicador audiovisual y multimedial de la Universidad de Antioquia. Sus relatos son una muestra del arte súbito, cargados de misterio y oquedad. Es seguidor del cómic y, apoyándose en las características de este, ha conseguido recrear una innovadora manera de narrar. Sus historias han tomado temas tan diversos como la pasión, el suspenso, el tabú y la fantasía. También es realizador de los géneros correspondientes al relato hiperbreve, o minificción, y el guionismo.

Carlos Andrés Herrera Penagos

CUENTOS Y UNAS CUANTAS ESTOCADAS

Compilación de relatos "hiperboloides ácidos"

amazonkindle

Título original: Cuentos y unas cuantas estocadas
© 2022, Carlos Andrés Herrera Penagos

Obra certificada en la Dirección Nacional de Derechos de Autor – DNDA. Ministerio del Interior, Colombia

candrescritor.wordpress.com

Ilustración de cubierta: Iver Snney Vega Junieles

ISBN: 9798362359652

Distribuido por Amazon Kindle

ÍNDICE
Lado A

Cuentos y unas cuantas estocadas

¡Oh, Señor Dragón! 17

Cuenta pendiente..19

¡No me leas!..20

Encuentro casual 21

¿Soy el que soy?..25

En pena..28

Buena partida...29

Un poder compartido

   (Otro-Man series / Episodio #1) 39

Líneas de ficción

De punta 47

Armstrong..48

Excálibur...48

Faquir..48

Armstrong 2 49

Lucha libre..49

Neo-Tarzán...50

Dulce óbito *50*

Retirada *51*

(...) *51*

Identidad secreta

    (Otro-Man series / Episodio #2) *52*

Caja

Camino *61*

Casa *62*

Corte *64*

Cárcel *65*

Comienzo *65*

Czessira *66*

Congelados *68*

Cápsulas *70*

Corpus Christi *72*

¿Capítulo final?: Carpos *73*

El portal negro

    (Otro-Man series / Episodio #3) *84*

Lado B

El momento perfecto *95*

Parejita indecente 98

El corazón de Lagrange 100

Conjuro con jurado 101

El día que salió por ahí 102

Tragicomedia programada 110

PinkDreams 111

Reencuentro frustrado (Encuentro casual 2) 112

Soledad 119

Desvío hacia el calvario

  (Otro-Man series / Episodio #4) 121

La obra más infame 127

La vida simple 132

El ojo malsano 134

Fin de lamentaciones 137

Calidad superior 142

Meses de luz 143

667 143

Vigilia 144

McDonalización 144

Akbutiletimador 144

Regaño genesiano *145*

Armstrong 3 .... *145*

Bienvenidos a la Base Groak
(Otro-Man series / Episodio #5) *146*

Propaganda vetada *155*

Armstrong 4 .... *155*

Maña evasiva *156*

Presente electrónico *156*

Armstrong 5 .... *156*

El David *157*

Fortuna oral *157*

Poltergeist en *Hell Street* *158*

Égida de cristal *158*

Relax *159*

Ganancia x2 .... *160*

Mirada rosa *160*

Imamián *161*

Deseo imposible *161*

El otro final de Gulliver *162*

Infravisión. Sign (Supravisión. Inc 2) *162*

Capítulo extraviado: Crimen 165

Capítulo extra: Criogénesis 166

Capítulo especulativo: Operación Volvox 169

La Banana Mecánica

    (Otro-Man series / Episodio #6) 172

Vestigios de humanidad

Puñalada marranera 179

Aprendiendo a montar 183

Los cusumbos solos 184

2.9 187

En cartelera 188

Made in Taiwan 190

Maxturbator 191

Monólogo de un suicida 195

Otros-Manes en serie

    (Otro-Man series / Episodio #7) 199

Escribir duele 204

Canibalismo intelectual (¡Mamola!) 206

Censura marital 208

El pozo que habla 211

Desaire a lo Pollock (Soledad 2) 213

Time dex machina

(Otro-Man series / Episodio #8) 216

Kettlebell de 203 LBS 222

¡Alá, ve a Alí! (Experimento silábico) 223

Lado A

Cuentos y unas cuantas estocadas

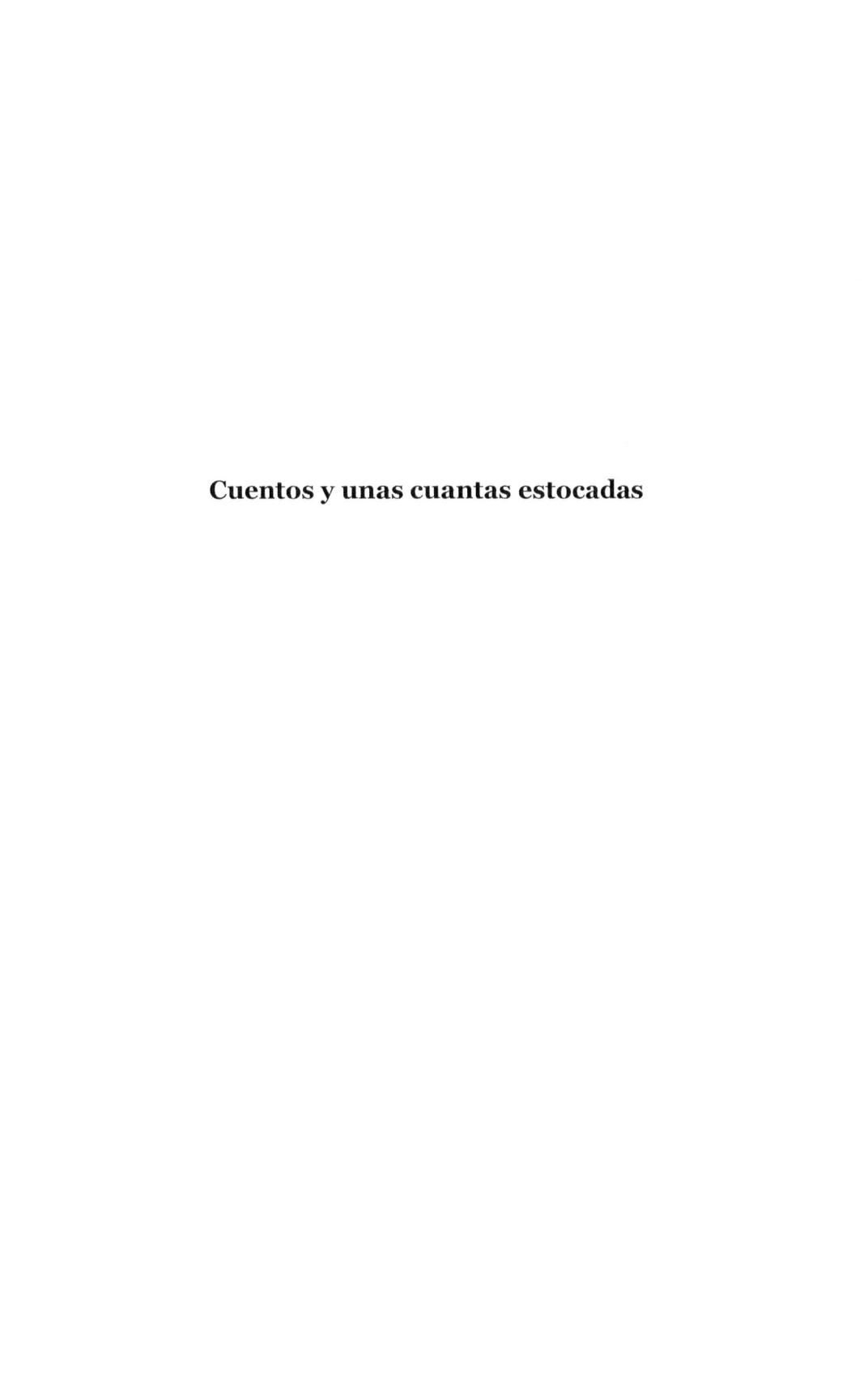

Compilación de relatos "hiperboloides ácidos". No recuerdo quién acuñó dicho término tras leer algunos de mis cuentos, pero argumentó algo así, como que —empiezan subiendo, subiendo... hasta que al final, de súbito, caen disparados abruptamente—.

¡Oh, Señor Dragón!

¡Oh, Señor Dragón! Mira cómo está de bella la tarde; mira la grama dorada y el cielo azul que nos saluda desde lo alto, mientras el aroma a primavera cubre plenamente esta región en la cual hemos vivido todo tipo de aventuras. ¿Te acuerdas cuando te encontramos? Mi tatarabuelo me dijo que eras tan sólo un huevo grande y olvidado. Me contó con lujo de detalles el momento cuando saliste, y me dijo que la primera vez que vio tu suave piel y tus ojos mágicos quedó tentado, y juró nunca jamás dejarte.

¡Oh, Señor Dragón! Eso fue hace muchos años, ¡y ahora, mírate! Eres un gigante ante todo ser viviente. Has adquirido experiencia y sabiduría en cada uno de tus vuelos a tierras lejanas. Eres un libro abierto que conoce todo lo secreto, y tu voz ronca siempre pronuncia la verdad.

Señor Dragón, miles de nobles caballeros han perecido en combate por codiciar tu cabeza, pero tú siempre les ganas, porque estás acorazado con escamas tan duras y brillantes como la esmeralda, y ningún florete, espada, hacha o bastarda pueden siquiera rayar la superficie de tu preciado cuerpo.

¡Oh! ¡Oh, Dragón! Te confieso que me gusta ver cómo te remontas sobre las villas del enemigo y arrojas tus centellantes flamas contra ellos. Que me deleito observando el modo en que esas descomunales alas surcan veloces a través de las tormentas, provocando aquella abrumadora sombra que cubre cultivos y castillos; desiertos y océanos; montañas y volcanes.

¡Oh, Señor Dragón! Sé que tu sangre hace inmortales a los hombres, que tus dientes curan todo tipo de males, que las propiedades mágicas contenidas en vuestras lágrimas son extraordinarias y que tus uñas son amuleto de riquezas y poder, pero aun así nunca te haría daño, porque no hay mejor premio que montar a tu lomo y recorrer el mundo desde arriba; escuchar tus interesantes relatos acerca de lugares perdidos, hechiceros y otros dragones; sentir tu ronquido cuando duermes junto a mí… la otra vez un ingrato trató de eliminarte en una noche de invierno, quería atravesar tu corazón en la oscuridad, pero yo te salvé, te protegí mientras hibernabas, porque mi estirpe juró cuidarte, y yo soy de los pocos humanos en los que puedes confiar… disculpa si te he robado algunas piezas de plata para comer… disculpa si revelé tu escondite a los soldados de *Siegfried*, e imploro que me perdones por traicionar la palabra que hace siglos prometieron mis antepasados. ¡Pero por favor, Señor Dragón!… no me comas…

Cuenta pendiente

El crujido de un insecto al ser pisoteado delató su presencia. El dueño del circo gritaba de horror al ver que la silueta de un hombre grande y fuerte se revelaba al otro lado de la carpa. Entró.

Las palabras del viejo anfitrión de espectáculos no parecían concernirle a la gran cabeza coca que se divisaba entre las sombras. Ante su mirada de pánico, el gigante acometió contra él, levantándolo por el cuello con una de sus macizas manos y restregándolo contra la jaula de los tigres de Bengala. A pesar de la baja luz, el titiritero logró distinguir que lo que le sostenía no era un brazo humano, sino un mástil tallado en pino. Su grito se hizo aún más ensordecedor.

—Lástima que le hice caso a ese pequeño bicho, pero esto debí hacerlo desde hace muchos años... ¡¿Ahora quién tiene miedo, eh?! Pero tranquilo, no te voy a degollar— pronunció la mole con una voz ronca y desafiante, en tanto su nariz crecía.

¡No me leas!

¿Cómo te atreves a entrar aquí? Ya te había ordenado que no me leyeras y tú insistes. ¿Qué quieres de mí? ¿Qué esperas al leer cada una de estas palabras? ¡¿Por qué quieres saciar tu apetito conmigo?!

¡Vete ya! ¡Déjame en paz! No eres más que un terco. Tus curiosos ojos aún no se han despegado de estas letras negras plasmadas en fondito ocre. ¡¿Qué no te das cuenta que tu sed de emociones me da asco?!

Ah… ya sé. Ya sé lo que buscas. Ahora que estamos solos, aquí entre nos. ¿Quieres que te diga un secreto? ¿Un secretito tuyo de esos que nadie, o casi nadie sabe? ¿Te parece? ¿O LO QUE QUIERES SABER ES CUÁNDO TE VAS A MORIR MALDITO? ¿ESO ES LO QUE TANTO DESEAS TARADO? ¿ES POR ESO QUE ME HAS CONVOCADO OTRA VEZ IMBÉCIL? ¡¿ES POR ESO?!

Una salvaje sacudida hizo caer la tabla de espiritismo de la mesa. El ente se había rebelado de nuevo.

Encuentro casual

Como todos los fines de mes, Sisberto estaba haciendo la eterna fila bancaria para reclamar el paguito que, pese a que no se lo aumentaban desde que comenzó a trabajar de obrero, le ayudaría a subsistir unos cuantos días más en esta gran ciudad.

—¡¡¡Sisberto!!! —una voz familiar lo llamó desde la salita de espera.

Era nada menos que Alan Rengifo, un viejo compañero de clases del instituto en el que había estudiado y que, a diferencia de él, sí había continuado con sus estudios superiores, en administración si su mente no fallaba.

Ahora la vergüenza se apoderaba de su ser. Verlo así con esa camisa limpia, con esos zapatos relucientes, con aquel saco fino, lo reducían al papel de un pinche pelele. Cada paso de Alan hacia él era una punzada en su corazón; recordaba cómo se destacaba en la clase de matemáticas y en la de historia, que un día le pagó para que le hiciera un par de maquetas, y que le metió cuatro goles en un partido de fútbol que jugaron en la clase de deportes.

Otro paso más. Sisberto rezaba en silencio para que no le preguntara nada acerca de su vida, aunque ya sabía de antemano que la posibilidad de salvarse de esta era casi nula. Sus manos comenzaron a sudar. Agachó la mirada una fracción de segundo, necesaria para recomponerse del espasmo. Imposibilitado de ocultar las marcas que el tiempo hizo a su de por sí no muy agraciada cara, lo miró directamente, fingiendo una expresión de sorpresa.

—Hola Alancito, ¡cómo has crecido! —exclamó Sisberto, como si el encuentro hubiera sido muy esperado.

—¡Sisberrr! ¡Tiempos! ¿Cómo has estado? —le dijo Alan mientras estrechaban las manos; sin duda él notó la humedad en su cuerpo.

— Más o menos —respondió "Sisber" incapaz de mentir.
— ¿Y eso? ¿Qué hay de tu vida? —preguntó Alan.

Sisberto maldijo al cielo en el acto. Las palabras que tanto había tratado de evitar estaban siendo moduladas frente a sus narices.

—Pues normal. Me casé hace quince años con Madeleine. Tenemos cuatro hijos —respondió con la boca seca.
—¿Madeleine la del colegio? ¡Ja!, ¡eso sí era de esperarse! —dijo Alan con un tonito cínico. A propósito, ¿en qué trabajas?

—De obrero —respondió en voz baja Sisber, sintiendo que el mundo se le venía encima— ¿Y vos en qué? —¡No, y todavía pregunto! ¡Qué tonto he sido!

—En el grupo empresarial… *"HewSky"* —contestó Alan con recelo, como si sintiera lástima por él.

— Uhhh… —un lánguido resoplo se le escapó a Sisberto. No tenía la menor idea de a qué se refería, pero para no demostrar su ignorancia, lo felicitó con una palmadita en el hombro.

—¿Y qué vuelta estás haciendo? —preguntó de nuevo la impertinente boca de Alan.

—Reclamando el paguito —respondió Sisber agachando la cabeza; no quería volver a hacerlo, pero no pudo evitarlo. Una lágrima estuvo a punto de correr por su mejilla.

— Ahmm, veo —repuso Alan— yo estoy aquí por cuestión de negocios. No es tarea fácil… ¡mira!, ya te van a atender.

En la cabina dos, una señora intimidantemente alta, de uniforme azul aciano, aguardaba. Habiendo transcurrido aproximadamente cuarenta y cinco minutos de tortura y papeleo desde que llegó, este ángel de peculiar forma encarnada le hizo entrega del tan anhelado chequecito.

—¡Hasta luego Alan, fue un gusto saludarte! —mintió Sisber, e hizo un ademán de despedida del otro lado del *lobby*, abriendo las pesadas puertas de cristal blindado. Una vez fuera del recinto, sintió como el cruel sol de mediodía le arrebataba de un solo golpe el confort del aire acondicionado, y aún algo cegado por los reflejos de la luz destellante, se dirigió afanadamente en línea recta con dirección a perderse en el minimercado.

—¿*HewSky*? ¡Jajaja, pobre diablo! Espero volver a verte.

Dadas instrucciones detalladas a sus hombres para que asesinaran a los guardias y robaran todo el dinero posible, Alan tomó una motocicleta y se echó a la fuga.

¿Soy el que soy?

Por si aún no me han visto, cosa que es muy poco probable, mi nombre es Peter Znaider, más conocido por mi querido público como "Pitz". ¿Que no me reconocen? ¡Pero si aparezco todos los sábados en el programa de las doce por "AZ Tv"! Mi *top show* les ha traído estrellas tan famosas como Molly Regal y Dashiell Bass. Tenemos uno de los *ratings* más altos en los últimos tiempos, y día tras día recibimos miles de correos de nuestros admiradores queriendo dar respuesta a sus alocadas inquietudes. La semana pasada nuestras cámaras tomaron por sorpresa a las transas de hombres con prostitutas menores de doce años, causando polémica en los medios, pero claro, no nos importó, porque donde llega Pitz llega la verdad. Esa es nuestra misión.

¡No, no! Siento mucho haberles engañado. Mi nombre real es Raymond Hill. Me considero un hombre exitoso en todo lo que hago. Practico el surf y al tenis de campo. Además, soy un tigre en los negocios. Estoy galardonado como uno de los más altos ejecutivos de la bolsa de New York y… ¡Oh! Disculpen que todavía esté con los pantalones en la mano, pero es que tengo prisa, y no puedo dedicarles mucho tiempo señores. Es más, ¡¿qué hacen ustedes en mi apartamento?! ¡¡¡Fuera, fuera, fuera!!!

Perdonen de nuevo, ese tampoco era yo. Me llaman Genoveva. ¿Genoveva qué? Ya se me olvidó mi apellido. Después de tantos años en la indigencia, qué importa. Aquí estoy, con mis cinco hijitos, levantada desde temprano para vender estos dulces y así poder sobrevivir. Es que usted sabe que en esta ciudad nada es gratis, y pues, mis retoños necesitan comer. ¿Quiere que le muestre mi pierna torcida? ¿Quiere ver? Venga, venga, ¡no se me vaya!

¡Mentira! Soy Akihito Mokusawa. Físico de la Universidad de Kioto, PhD en radiofísica, y trabajo actualmente como líder de laboratorios de nanotecnología en la corporación *"Hyperva Japan"*. He dedicado más de treinta años al estudio de los rayos *gamma,* y les puedo asegurar que, en menos de tres, conseguiremos implantar nuestro nuevo prototipo, ¡disparando la velocidad de los ordenadores en un setenta y ocho por ciento!

¡Basta de preámbulos! Mi nombre no debe ser pronunciado. Soy un hombre oscuro, ruin, despreciable, de naturaleza vampírica; ciertamente me gusta. Mis cabellos son largos y negros. Mis uñas pintadas del mismo color. Todas mis palabras transmiten la muerte. Todo lo que pienso contiene maldad. Tengo un deseo carnívoro de... — ¡Aaaaargh!

—El resultado será el mismo.

Una jeringa acababa de inyectar una dosis letal de morfina en su cuerpo. Esta fue la única alternativa que los médicos, tras haberlo mantenido más de un año en tratamiento, optaron por suministrarle.

Después de haber participado en la guerra de Vietnam, su estado mental nunca mejoró. Y ahí yacía, sin vida, el cuerpo del coronel Philip I. Gore, dentro de un ataúd grisáceo con una bandera americana sobre el mismo, preparándose en una bella pero fúnebre ceremonia a ser sepultado junto con todas sus ficciones a más de tres metros bajo tierra, mientras las trompetas exhalaban la típica melodía.

En pena

Una mujer lloraba inconsolablemente en el pórtico de su vivienda cuando a una procesión de ánimas se le vio venir.

Ante su mirada atónita, La Muerte, con un silencio sepulcral, dio un paso adelante. Extendiendo una de sus huesudas manos, pegó tres golpes secos contra la puerta.

—¡No insistas más en detenerme, Magdalena! Juro que me voy a quemar vivo, oíste, ¡¡¡vivo!!!

Cansadas de esperar y sin mucho tiempo para decidir, La Parca y sus secuaces optaron por llevarse consigo y por la fuerza a tan escandalosa dama.

Quince minutos más tarde, un humo negro comenzó a emanar de la cabaña.

Buena partida

—¡¿Dónde está la niña?! Repito, ¡¡¿dónde está la niña?!!

Cargando expediente...

Keifer O`Dwyer. Agente especial de policía, trasladado hace un par de meses de Texas a Washington D.C. Ha tomado el caso de más de trece criminales encubiertos. Especializado en misiones nocturnas. Equipado con un rifle, dos 9mm y una carga de bombas de gas. Domina variedad de artes marciales como el *sambo* y el *krav magá*. Saludable.

—Encontramos el auto del sospechoso a las afueras del Motel *"PinkDreams"*, coronel.

"Kei" no lo pensó dos veces al virar su motocicleta y cambiar abruptamente de carril para ganar tiempo. Esta vez su misión consistía en el secuestro de la pequeña Edeline, hija de un importante diputado del estado que, impotente, vio cómo la niña era arrebatada entre la multitud en una de sus apariciones colectivas, según sospechan las autoridades, por extorsionistas de la clandestina red *"Demons Of Steel"*.

Feo, olvidado, una parodia del rimbombante debut que tuvo en sus tiempos de gloria, el *"PinkDreams"* estaba ahora rodeado, más que de espectadores y bailarinas exóticas, de una docena de patrullas de policía, y un escuadrón completo de oficiales listos para actuar a la primera orden. Después de hacer el llamado las dos veces estipuladas, Keifer reunió a su equipo y les recordó paso por paso toda la estrategia de asedio.

—*"¡Tres!"*.

Arremetieron con el ariete, pero la puerta no cedió. Intentaron con una llave maestra; era inútil. Las entradas estaban selladas por dentro. —¡Miren!

Cargando expediente...

Aaron Velandia. Mayor de la policía de Miami, trasladado hace un par de meses a Washington D.C. para seguir el paradero de los *"Demons Of Steel",* después del crudo asesinato de un importante jurista en plena vía pública. Ha tenido entrenamiento en alta montaña. Es buceador profesional y maestro en ciencias forenses.

Una ventana parecía estar abierta, pero justo cuando se percataron de esto, una ráfaga de fuego cayó sobre ellos.

—¡¡¡Posición!!! —los oficiales se ocultaron rápidamente tras sus patrullas, menos uno, que yacía agonizando en mitad del campo con un demoledor impacto de bala en su pómulo derecho.

—"Siete".

—¡Bingo! —un cuerpo enemigo caía desde una de las ventanas del tercer piso. El rifle de Velandia produjo un silbido de muerte que en su caso casi nunca fallaba.

—No hay rastros vitales… —un paramédico de la policía intentó reanimar a su compañero malherido, sin resultados.

Silencio

—¡No se queden ahí parados!, ¡todos dentro! —gritó exasperado el agente O`Dwyer.

Aaron escaló ágilmente por el muro del frente. Después hicieron lo mismo los demás policías, quedando a lado y lado del marco de la ventana del deceso.

—¡¡¡Ahora!!!

—"Seis".

El escuadrón entró violentamente al edificio. O`Dwyer permaneció abajo, cubriendo el área, listo. De pronto, sintió un quemonazo infernal en su pierna izquierda —¡Aaaarghh!— un profundo dolor recorrió varias veces su cuerpo. Por intuición, realizó un giro de trescientos sesenta grados y se ocultó tras de uno de los automóviles.

Cargando expediente…

Roderick Stafford, alias *Red Demon*. Partidario de los *"Demons Of Steel"*. Ninguna técnica conocida.

Por el espejo retrovisor, "Kei" logra ver a un hombre acercarse lentamente. El reflejo lo muestra arrastrándose con dificultad, pero aún con fuerzas, saliendo de una escotilla presuntamente conectada con el hotelucho, seguido de un rastro de sangre que brotaba de su abdomen. Lucía sarcásticamente una gorra policial verdadera. Con una mano llevaba un potente *shotgun,* con la otra detenía la hemorragia. —¡Por un demonio! ¡Ya no me quedan medicinas! —Alegó.

Sin poder ponerse de pie, Keifer se quedó observando la mirada satánica que su objetivo le estaba mandando a los ojos, como en los viejos duelos del oeste; uno frente al otro. Así estaban estos dos hombres, desangrándose.

—"Diez".

—Lo siento, camarada... —un arma fue disparada en el acto. Alguien vive aún y el otro ya está muerto.

Repentinamente, un terremoto azota al *"PinkDreams"*, haciéndolos volar a todos por los aires. Los hombres no gritan; no corren; no se mueven. Su sangre se fue tornando como de... ¿barro? Enseguida, un puño gigantesco acabó con la ciudad.

***

—No te exasperes. Todo está tirado al azar amigo mío, y tú bien lo sabes.

El diablo, con un macabro rictus plasmado en el rostro, recogía torpemente las fichas que estaban regadas por el suelo, las cuales introdujo una a una en un cofre aplanado junto con el mapa, tarjetitas de pregunta/respuesta, cientos de figuritas más, y dados de cuatro hasta veinte caras.

—Buena partida. La próxima vez jugamos al Monopolio —le susurró el diablo al oído.

—¡Tú siempre me ganas en ese juego, condenado! —respondió Dios, y ofreciéndole una mano a su rival terminaron el encuentro.

Mientras tanto, con el rabillo del ojo, el diablo vio el tablero del antiguo ajedrez cincelado en oro y plata con el que había combatido contra el Señor en una partida que ya les llevaba mucho más de dos mil años; augurios de una Guerra Santa. Al darse cuenta, Dios frunció el ceño.

—¡No, no, no! Esa movida la dejaremos para más tarde. Así quedamos. ¿Recuerdas?

El diablo asintió con la cabeza, y juntos dejaron la salita de juego. Tenían asuntos mucho más importantes por resolver.

Supravisión. Inc

No sé si es real o ensoñación. No sé si mi cabeza me está haciendo pasar una mala jugada, o si por alguna razón he ganado algún tipo de séptimo sentido. En todo caso, esto es lo que me viene ocurriendo desde el día de ayer, muy temprano en la mañana.

Como de costumbre, la alarma del reloj se activó a las 5:30 AM y yo, con la pereza de siempre, estaba dispuesto a apagarla con un rotundo golpe de gracia, pero justo al rozar la cubierta del aparato una oleada de pensamientos vino a mi mente. Pude ver entre sombras y crepúsculos a un hombre que ensamblaba una a una las piececillas de metal de un centenar de despertadorcitos. Exhausto, pero muy dedicado, el relojero armaba sus creaciones con una habilidad excepcional, apurando el ritmo de producción al notar que la noche iba cayendo. Sus manos fueron agitadas un par de veces antes de continuar con su trabajo… de inmediato me vi de nuevo tendido en mi cama.

—¡Uff! ¡Ya son las 6:12 AM y no me he levantado!

Corrí al baño a desvestirme la pijama. Entré a la ducha y abrí la llave, cubriéndome con un chorro de agua caliente que percibí hasta en sus más finas moléculas de oxígeno e hidrógeno. Me di cuenta de que venía de muy, muy lejos, desde la planta de tratamiento, y que… ¡¿Qué me está pasando?!

Comencé a respirar agitadamente. Las gotitas de agua resbalaban por mis mejillas. Cerré la llave y sentí un frío penetrante. Usé una toalla y me dirigí al cuarto para vestirme, pero, para colmo, observé a un rebaño entero de ovejas comiéndose el abrigo que tenía planchado desde la noche anterior. Un gritico seco salió de mi garganta al ver que una vaca estaba rondando por el lado de mis botas favoritas, que mi cama exhalaba un olor a bosque, que mi televisor estaba siendo maldecido por un vendedor frustrado y que un *nerd* enclenque digitaba un largo código en mi computadora.

—¡¿Qué es esto?! ¡¿Qué me pasa?! —exclamaba confundido, mientras todo se tornaba normal de nuevo. Mi cabeza no daba más.

Cuando creía que el caos había terminado, me di cuenta de que en la cocina me esperaba alguien. Un campesino con su bulto de granos, sus tres gallinas y su marrano mono yacían recostados en el poyo, ofreciéndome bondadosamente mi desayuno; huevos revueltos con jamón y café caliente. Después de darle las gracias, se desapareció.

Entre una mezcla de terror y sosiego, osé pasar por el pasillo que se dirigía a la sala de estar, y allí, sorpresivamente, me saludó el artista de Damasco que se ocultaba tras el gran cuadro que tengo colgado en la pared del fondo, al tiempo que las almas de unos indios Kuna salieron a mi encuentro, moldeando una vez más las figuras antropomórficas que decoraban la repisa de colección. Latidos de sangre y esclavitud renacían en cada gramo de arcilla; música tradicional del folklore nativo emanaba de cada figura, creando una atmósfera mágica y ancestral, la cual se dispersó al momento en que voltee a mirar el antiquísimo reloj que me había heredado mi abuelo. Desventuradamente, no le pude ver...

Exaltado, regresé al baño a tomar con afán el cepillo dental con la crema con flúor que el odontólogo me estaba volviendo a recomendar, y de pronto dejé caerlo todo al piso. El agua purificada me mojaba de nuevo los dedos de los pies. Mi puño impactaba fuertemente contra el cerámico material del lavamanos, y mi corazón no soportaba lo que descaradamente el espejo mostró ante mi llorosa y ofuscada mirada: la escena de mi madre teniendo sexo con el vecino.

Un poder compartido

(Otro-Man series / Episodio #1)

—¡Es preciosa! —dijo, escondiéndose tras la ventana para fisgonear el trabajo que realizaba el herrero más talentoso en la villa, Kurfar.

Golpe tras golpe, el martillo daba forma a un considerable trozo de metal al rojo vivo.

—¡Fiuuu!, listo. ¡¡¡Odhrán, ven a ver esto!!! —gritó el herrero a su hijo quien, después de saltarse la mesa del comedor y evadir un par de jarrones, ya estaba allí, parado con la boca abierta en la entrada del taller.

—Papá, ¡¡¡es el mejor regalo que me pudiste haber dado en la vida!!! —afirmó abrazando al viejo herrero el cual, igual de eufórico, miraba con pasión su más espléndido trabajo: ¡¡¡una espada hecha de geondarita pura!!!

—¡¡¡Geondarita!!! —los ojos del espía se abrieron al máximo, mientras una espesa baba comenzaba a deslizarse por su barbilla. Sus ganas ya no pudieron reprimirse más, y sacando dos grandes hachas destrozó por completo el marco de madera de la ventana, cambiando la cara de satisfacción del joven Odhrán por pavor al incrustar una de sus letales armas en la espalda de su padre.

—¡¡¡Noooooooooooooooooo!!! —berreó el joven mirando cómo el cuerpo de Kurfar se precipitaba contra la mesa de herramientas. Entre martillos, clavos y astillas que volaban por los aires, distinguió a un hombre sucio y peludo, aunque sólo dos mechones de cabello cubrían su pelada cabeza. Tenía una barriga prominente, pero no era del todo flácido, mostrando una musculatura evidenciada en sus dos potentes brazos y, detrás de su mandíbula desencajada, se asomaban una legión de dientes apiñados y amarillentos. También se dio cuenta de que era bizco, y que su nariz formaba un arco pronunciado, como el del pico de un loro.

Sin pensarlo dos veces, Odhrán tomó la espada —Es más pesada de lo que imaginé— se dijo—. El arma no estaba del todo fría, pero extrañamente, en vez de extinguirse, el calor fue aumentando cada vez más. ¡¡¡Odhrán no podía soltarla!!! ¡¡¡Sus manos se estaban incinerando!!! —¡¡¡Ayuda!!! —su cuerpo se estaba fusionando con la empuñadura. Una luz amarillo neón rodeó todo el recinto. —¡Por favor! ¡¡¡Ayuda!!!

— Ya son las 6:00 AM jovencito. Hoy es tu primer día de clase. ¡¡¡A levantarse!!!

Jadeando y bañado en sudor, me fui a parar de la cama.

Entré al baño y el espejo me enseñó la misma cara de siempre. Cabello liso y negro, cejas pobladas, ojos claros y nariz alargada. Le eché un vistazo a mis manos y no tenían daño alguno.

— ¿Por qué el mismo sueño otra vez? ¿Por qué siempre termina igual? —Olsen no daba con la respuesta. Se lo repetía, pero era imposible hallar explicación.

—¡Qué tonto! —yo aquí gastando mi tiempo en el baño y, ¡¡¡ya llevo quince minutos de retraso!!!— ¡chao mamá! —grité desde la otra esquina, corriendo como un loco calle abajo. Mi maleta saltaba contra mi espalda, y ya no controlaba el movimiento de las piernas. Un dolorcito incómodo estaba subiendo por mi espinilla. Traté de ignorarlo. Justo cuando divisé la puerta del colegio, una jovencita venía corriendo con la misma prisa en dirección opuesta, y nuestros cuerpos chocaron estrepitosamente. Por accidente, quedé con la cara entre sus senos. Al parecer recobró el conocimiento antes que yo, porque lo que me despertó fue una tanda de golpes en la cabeza.

—¡¡¡Ayayay, para!!! —casi le supliqué. La chica, dando una bocanada de aire, me empujó hacia un lado.

— Si vuelves a tocarme otra vez, te aseguro que me la pagarás —dijo con una voz ronca que me dejó paralizado. Sin duda no era una chica ordinaria. Pegaba más fuerte que cualquier compañero con el que me haya peleado.

Una vez dentro de la institución, aunque caminábamos sin hacer ruido y por separado, terminamos a las puertas de la misma aula. Ella me lanzó una mirada fulminante al percatarse de que seríamos compañeros de clase.

Personalmente me hizo gracia esta reacción, hasta que me di cuenta de que otro par de ojos fijaban la mirada en mí. Un hombre gordo, sucio y con una calva prominente pasaba haciendo el aseo con su equipo de limpieza, y de no ser porque un resplandor saltó tras de las bolsas de detergente, no me habría dado cuenta de que dentro de ellas estaban escondidas dos grandes hachas de batalla.

Como si una electricidad cruzara por el pasillo, el hombre tiró todo y dejó al descubierto sus letales armas. Como por inercia, di un paso hacia atrás y sentí de nuevo mis manos hervir. La incandescencia amarilla invadió el recinto. Una espada comenzó a materializarse en el acto. Mis ropas quedaron pegadas a mi piel. Un fulgor recorrió cada una de mis células. Mis músculos se tensionaron. Una fuerza sobrehumana me dominaba. El sueño comenzó a repetirse varias veces en mi cabeza. Mi sulfuración se incrementaba.

El hombre se abalanzó contra mí. Nuestras armas quedaron unas contra la otra, produciendo un destello de luz, seguido de un sonido estremecedor.

—¡¿Por qué tú?! ¡¿Por qué aquí?! —le dije con ahínco.

—¡¡¡Geondarita!!! —gritó este maniático, dejando caer un par de densas gotas de saliva sobre mi cara.

El timbre del colegió sonó indicando la hora del recreo. Cuadernos y libros cerrándose conjuntamente avisaban la salida próxima de los estudiantes. Entonces, el hombre ya no estaba.

De un solo empujón, la chica puso a Olsen contra la pared y lo cuestionó, exaltada —¡¿Cómo te atreves a combatir en público?! ¡¡¡Idiota!!! ¡Después de todo me necesitas! —Suspiró— *m*i nombre es Iledja... una que te conoció. Pero puedes llamarme, aquí entre nos, Lorelei.

Continuará...

Líneas de ficción

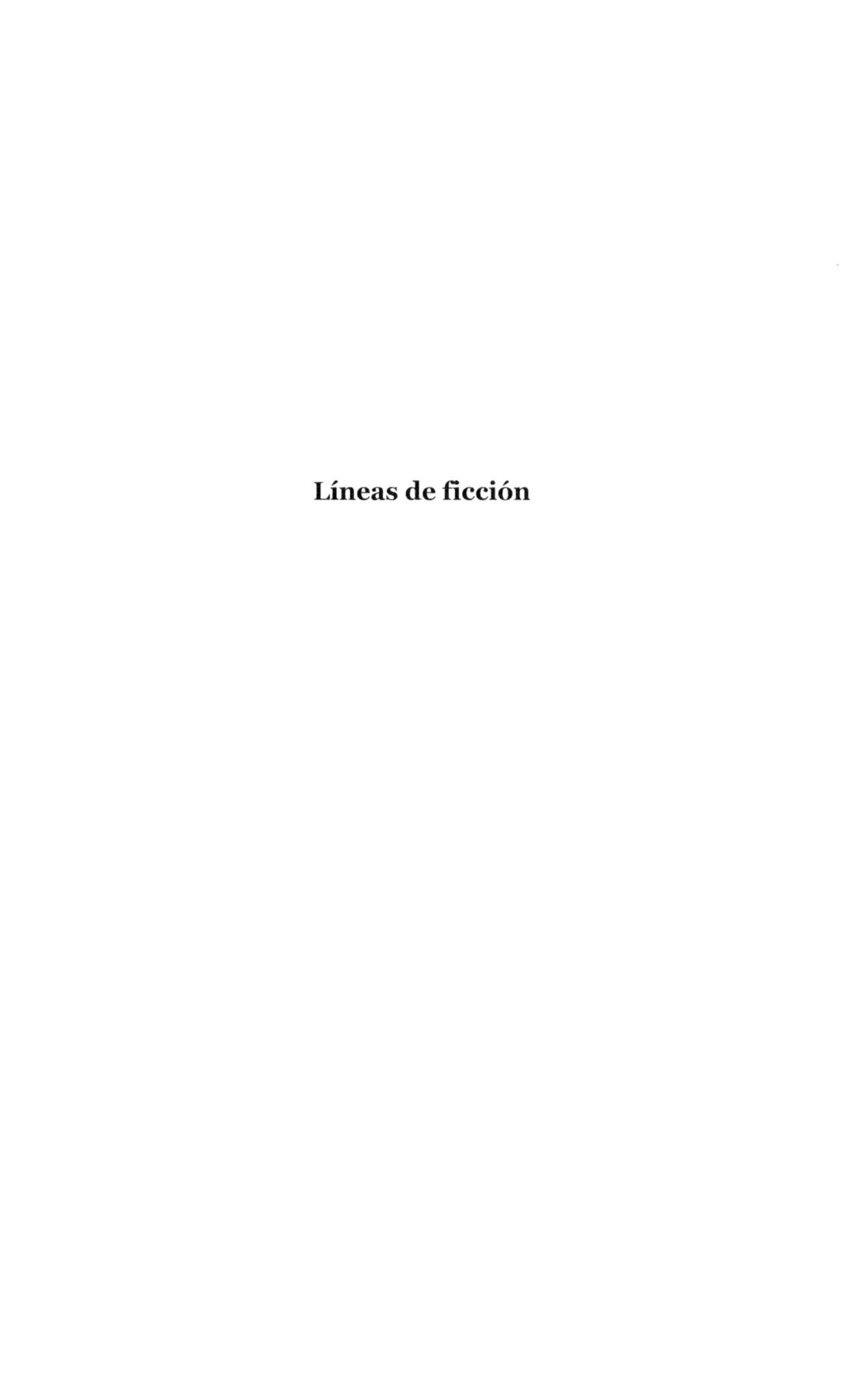

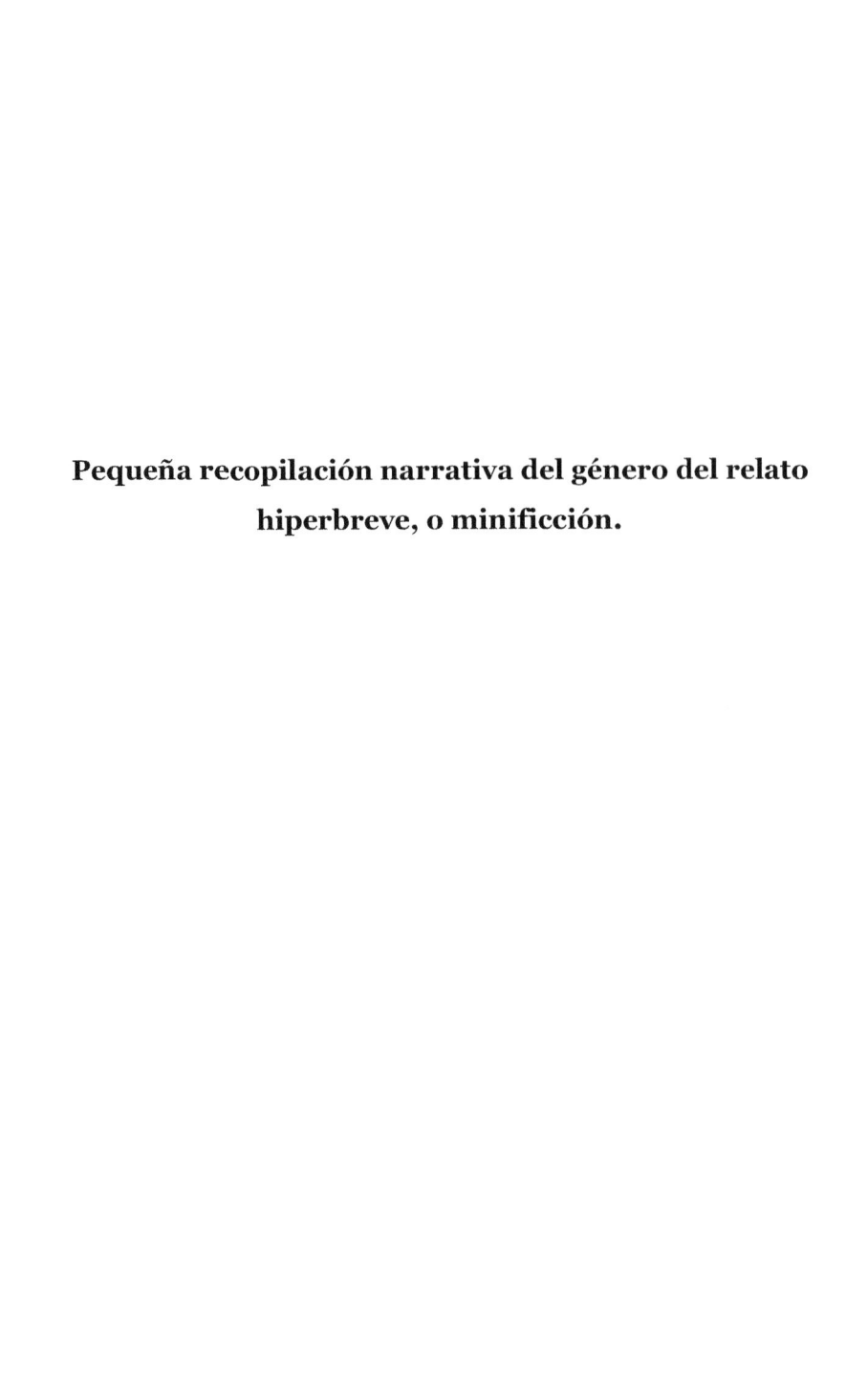

Pequeña recopilación narrativa del género del relato hiperbreve, o minificción.

De punta

Años de evolución. Diseño ergonómico. Velocidades programables. Colores negro o gris cromo. Tan liviano como sus versiones anteriores. Altos índices de calidad y seguridad. Gran variedad de piezas mecánicas para mejorar su rendimiento. Cientos de tesis han pasado para lograr esta tecnología de avanzada. Miles de horas se han invertido en su novedoso y discreto tamaño; y ahora, manufacturado desde Italia, aunque parezca increíble está reposando en tus temblorosas manos. Tus ojos se reflejan en el aleado material de su cubierta. Tu mente ansía tomar el control que acaba de serte cedido por vez primera, sólo para cumplir un deseo tan antiguo como el que pasó por tu mente el día en que viste a tu mujer saliendo con otro.

Armstrong

Recuerdo que a veces les decía a mis amigos lo emocionante que sería abandonar este planeta…

Ahora estoy solo… flotando…

Excálibur

Ningún hombre sobre la faz de la tierra pudo jamás retirar la sagrada espada de su inamovible roca, y ahora no hace más que estorbar, oxidada, en mitad de carretera.

Faquir

Desde aquel día en que su madre le advirtió que el fuego era malo y traicionero nunca más volvió a jugar con él, dedicando los siguientes cincuenta años de su vida a tragar espadas encendidas y a caminar sobre flameantes carbones ardientes, insistiendo paso a paso en su tortuosa búsqueda por dominarlo.

Armstrong 2

Esperando un artefacto de otros astros, los niños quedaron defraudados con la sorpresa que su padre les había prometido.

—Ni siquiera son de queso —repuso el más pequeño palpando los aerolitos.

Lucha libre

Lo va a hacer, lo va a hacer, lo va a hacer y… ¡¡¡lo hizoooooo!!! ¡El Destripador Oscuro acaba de propiciarle un fatal *suplex* al cuello a Corcel Justiciero! ¡Qué sanguinaria pelea, amigos!… Esperen, la movida acaba de ser sancionada por el referí. ¡La máscara del infractor tendrá que ser quitada en el acto! Su rostro será revelado. ¡Como lo oyen, teleaudiencia!… un momento; ¡¿qué es esto?! ¡Está irreconocible!

Neo-Tarzán

Los ronquidos salvajes terminaron de súbito en mitad de la noche. El depredador natural se había levantado perezosamente de su lecho, suscitando un olor fuerte y característico al rascar sus partes nobles. La fiera comenzó a acercarse sigilosamente por su alimento, haciendo caso al instinto animal que una vez más lo salvaría de ser delatado, pero de pronto, como una maldición, se escuchó el eco de una risita silvestre: era la hembra, que se encontraba al acecho detrás de la nevera, orgullosa, tras haber atrapado al Rey de la Jungla con la garra en la chuleta.

Dulce óbito

La pastilla fue bajando suavemente por la faringe. El veneno iba disolviéndose uniformemente a la vez que invadía poco a poco cada una de sus glándulas vitales, desencadenando un sin número de placenteras reacciones que, al final, terminaron por cegarle la existencia en un mentolado éxtasis de chocolate.

Retirada

Señores, en el día de hoy declaro que todos los esfuerzos que hemos realizado en pro de la causa han sido totalmente inútiles, ya que no sólo la pereza y la mala organización resurgieron como factores directamente relacionados con nuestra pobre y decadente actuación, sino además la falta de agallas que nos ha robado nuevamente la tan anhelada victoria pero, a diferencia de ocasiones anteriores, les reitero que la situación en la que ahora nos encontramos envueltos es sumamente crítica, por lo que les invito pues compañeros a que, siempre unidos, demos el primer paso para emprender una digna retirada.

Y así lo hicieron valientemente los quince soldados, junto a su capitán, al saltar del banquillo y quedar colgados frente a cientos de morbosos espectadores, antes de que el anonadado verdugo aplicase sus inexorables condenas.

(...)

Tras alcanzar su ser y la comprensión de todo lo existente, un tercer punto fue grabado en su frente.

Complacido, Buda le reveló el infinito...

Identidad secreta

(Otro-Man series / Episodio #2)

— ¡¿Me conociste?! ¿Cuándo? —respondió Olsen, confundido.

—No en esta vida. ¡Tranquilo! —dijo Lorelei, esta vez con un timbre más suave en su hablar.

Olsen se respaldó en su casillero. Todo esto había sucedido tan de imprevisto que no podía poner sus pensamientos en orden. Los alumnos ya iban saliendo rápidamente de los salones. Charlando y riendo, pasaban por el lado de Olsen y Lorelei, quienes permanecían aún detenidos en mitad de pasillo.

—¡Hey Olsen! Amigo, ¡genial verte! ¿Por qué no entraste a clase?

Olsen no contestó.

—¡Hey, hey! ¡Al menos responde! ¿No será que pasó algo con aquella chica, uh? —dijo el otro estudiante, señalando a Lorelei—. Ella giró su cara al otro lado, haciendo un gesto arrogante.

—Bueno, si no quieres que hablemos voy a estar en las canchas de fútbol por si quieres jugar. ¡Suerte! —el muchacho se unió a un grupo de amigos que desde lejos la miraban, y se le escucho a uno de ellos —¿Esa es la nueva? Uhmm...

Con la excusa de que tenía una terrible jaqueca, Lorelei logró salir del colegio junto con Olsen. Una vez en la calle, la chica lo tomó de la mano y comenzó a correr.

—¡Suéltame! ¡¡¡No, no!!! ¡¡¡Suéltameeee!!! ¡¡¡Nooo!!! —gemía él con sus piernas obligadas a correr de nuevo. El dolor en sus espinillas era inaguantable.

—¡¿No te das cuenta de que nos están siguiendo?! —dijo Lorelei, elevando su ritmo.

—¡¡¡Yo nooo veo nadaaaaa!!! —gritó Olsen agitado.

—¡Tú nunca ves nada! —respondió Lorelei, corriendo aún más rápido.

—¡Uhghhht!

De pronto, Olsen cae al suelo. Su mente abandona el cuadro y mira como a través de un cristal escenas de muerte; de carne; ¡¡¡de sangre!!! Observó cómo una villa era arrasada por hombres sin rostro, sombras que destruían todo a su paso. Mientras él dormía, morían miles. Mientras andaba, morían otros mil más. Hablaba, y otro caía muerto. No terminaba la masacre. Fuego… mucho fuego.

—¡Nooooooooooooooooo! —Olsen recobró el conocimiento. Abrió súbitamente los ojos, y entonces lo vio. El hombre estaba parado a unos once metros de él. No sabía si lo miraba o no. En esos ojos era imposible leer intenciones. También la vio a ella, parada entre los dos, en una posición defensiva.

Lorelei respiraba con vehemencia. Por su aspecto, Olsen supuso que lo había protegido mientras yacía en el piso. Los cabellos rubios de ella brillaban por el sol; sus ojos verdosos miraban fijamente al misterioso oponente; sus largas y poderosas piernas, listas para atacar; el uniforme, sucio; su mejilla izquierda mostraba un moretón; su boca exhalaba con furia.

— Lorelei… ¿Qué pasa?...

—¡Aaahhhh! —la chica se impulsa con una velocidad asombrosa hacia la derecha del hombre y le realiza una intrincada maniobra, pasándole su pierna derecha por la garganta y dejándose caer hacia atrás, pero este, como si nada, tensiona su cuello, haciendo brotar de él múltiples venitas que se engrosaban cada vez más, más. La presión que ejercía sobre esta parte de su cuerpo era tremenda. ¡La pierna de Lorelei estaba cediendo!

—Rápido Olse… en mi maleta… ¡¡¡el traje!!! —gritó la chica, resistiéndose a soltar a su rival.

Nerviosamente, Olsen observa en el interior de la maleta. Un estupendo traje azul tinta de un brillante y desconocido material salió a su encuentro. Una encandiladora luz neón emanaba de este.

—¡¡¡Geondarita!!!

El hombre camina lentamente hacia Olsen. Lorelei era arrastrada con el gigante, sin poder frenarlo. No dándose por vencida, Lorelei le propició un impulsivo mordisco en la espalda. No funcionó.

—¡¡¡Aaaaayyy!!! —una ancha y velluda mano agarró totalmente la cabeza de Lorelei y la fue jalando toscamente, logrando desprender a la chica de su cuerpo, arrojándola estrepitosamente contra la acera.

La luz amarilla envolvió el cuerpo de Olsen. La energía corría de nuevo a través de él. El traje ahora estaba en su poder, ceñido a sus músculos. Unos guantes se materializaron junto a la magna espada; un antifaz que se adhirió a su piel: un hombre había resurgido.

—¡¡¡Lorelei!!! —la energía explotó con el mandoble que en cuestión de segundos Olsen (si es que aún lo era...) desplegó contra su adversario, haciéndolo volar en una brutal onda explosiva que levantó al titán por los aires. Más de dos toneladas de masa se retorcieron dando giros salvajes antes de chocar de cabeza en el concreto.

—¡¡¡Espera!!!

Una figura humanoide estaba erguida en la rama de un árbol. Sus largos cabellos turquesa jugueteaban con la dulce brisa primaveral. Igualmente, sus negras vestiduras ondulaban con el viento. Un estrambótico sombrero le cubría la mirada, pero no su extraña sonrisa.

Continuará...

Caja

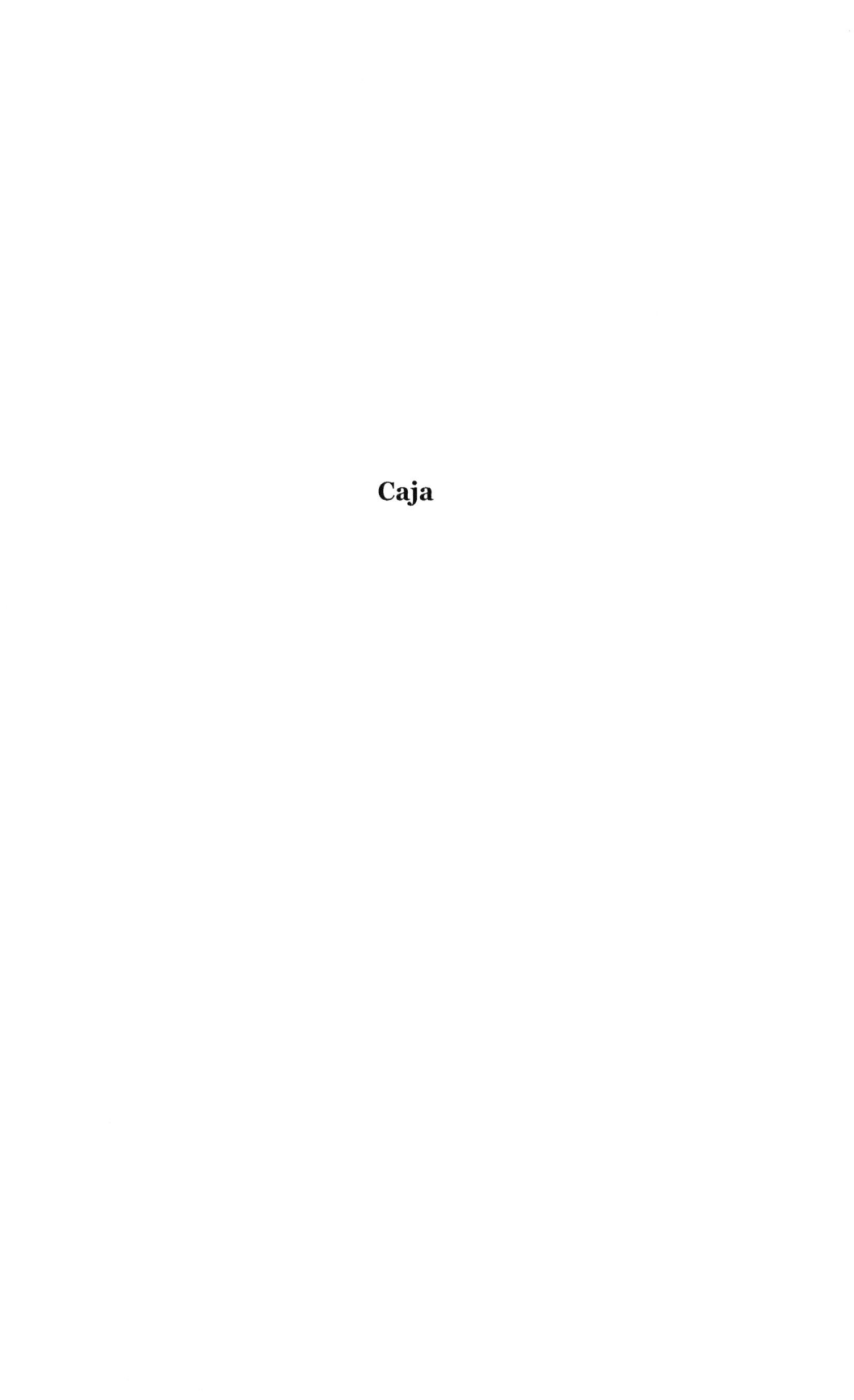

["Caja" es la recopilación de varios capítulos que, a partir de la historia base, se va desenvolviendo entre el pasado y futuro de un sanguinario crimen. Alrededor de una misteriosa y macabra atmósfera, un científico intenta encontrar una trágica verdad.]

Camino

Todo estaba como había permanecido desde la última vez; helado, oscuro, con ese hedor a muerte... como aquel día en el que el bosque había cobrado esa joven vida, desde que sus padres intentaron buscarla y tres días después la encontraron guiados por los cuervos, un miembro tras otro.

Ahora el silencio se quebrantaba por un sonido tan lejano como ensordecedor. Rápidamente el eco se volvía más insoportable, más cerca. El chillido retumbaba cada vez que aquel plástico negro se sumergía en el fango. De repente, un par de ojos se detuvieron a observar tras de las ramas y, en ese momento, además del estridente crujido, una respiración comenzó a acompañar la bizarra tonada. Una respiración que también aumentaba, se agitaba, dejando salir de la boca que la originaba un entrecortado humo pálido, producto de un aliento vital.

Con los músculos contraídos, pero sin descansar, ella seguía caminando por este sendero olvidado, por el que sólo se podía cruzar a pie, sujetando los bajos de su abrigo con ambas manos para no perder su cometido. Sus labios temblorosos intentaron dibujar una sonrisa, porque a lo lejos ella por fin pudo divisar la…

Casa

Alejada de todo, la casa era lo único que daba impresión de humanidad en aquel solitario paraje. Era más grande de lo que parecía a lo lejos, y bonita, además. Fuerte roble estaba labrado en su extraña arquitectura; negro musgo se prendía de sus muros; larga hiedra arremolinaba entre sus amplios ventanales.

El sudor se entremezcló con el agua lluvia. Sus pulmones no daban más. Aun así, la mujer logró llegar al pórtico de la casa, notando que la silueta de un hombre la esperaba tras el resquicio de la puerta. Pese al frío nocturno que la estremecía, sintió emoción al ver que su amor imposible, Kliment (científico ruso que se había hospedado allí para investigar las plantas *parmegidae*, entre otras especies únicas de la región) salía a su encuentro. Pero este, sin siquiera saludar, sólo se limitó a preguntarle:

— Munay, ¿si me trajo lo que le mandé a pedir?

— Sí, doctor Ushakov.

Lentamente, sacó de su abrigo sucio y rasgado la encomienda; un paquete cuadrado que apenas había sido tocado por el agua y que no contrastaba con la condición de su joven portadora, el cual fue arrebatado de sus manos antes de que ella pudiese ofrecer unas tijeras para abrirlo y, sin decir nada, el hombre entro a su morada y subió afanosamente las escaleras, únicas testigos de aquel...

Corte

—¿Klim? —preguntó la joven en la oscuridad.

Sin respuesta.

Munay se quitó las botas y entró descalza a la casa para no estropear la mullida alfombra. No era natural un tejido así en el trópico.

La puerta se cerró tras de ella, estremeciendo con un palpable eco la gigantesca antesala. Munay, horrorizada, se aferró por reflejo a la baranda de la escalera. Al levantar la mirada, distinguió en el segundo piso la silueta del Dr. Kliment desaparecer en su habitación. Antes de pisar el noveno escalón, algo frío como el acero atravesó limpiamente su garganta. Trató de gritar, pero no podía, mientras que sus carnes eran sometidas atrozmente ante el corte de… voltea a mirar, pero sus ojos desorbitados ya no ven. Intenta soltarse, ¡pero su cuerpo ya no le pertenece! Un estruendo seco la libera; unas tijeras que caen…

Cárcel

La policía encuentra el cuerpo de una mujer... Munay... veinticinco años... desmembrada... ¿arma homicida?... tijeras... ¡es imposible!... corte angular... *suspiro*... soy inocente... ¿habla español?... no hasta demostrar... ¡por Dios!... como aquella niña... *distorsión*... estudié biología... vivo solo... yo la he visto... la caja estaba vacía...

Comienzo

Era un bello día para pasear. La niña salió de madrugada con su padre a investigar algunas plantas. Él con un carácter científico; ella por perseguir mariposas.

Luego de mucho juguetear, Lisha tomó su pequeña caja y la aproximó a uno de estos insectos multicolor, con la intención de apresarlo. Una cuchilla detuvo la captura, haciendo caer la trampa. Sus manos rodaron unos cuantos pasos más al este. Un grito se apagó entre los árboles. Una risita se esfumó con los últimos rayos de luz. El agua empezó a caer. Entonces la sangre fue percibida por los cuervos, que alzaron el vuelo.

Czessira

—¡Hey, despierta! ¡Hay un paquete para ti, desgraciado!

Conmocionado, Klim se levanta del camarote. Pasa dificultosamente sobre su compañero de celda, y una vez junto a la reja, le dice al guardia con un tono desafiante:

—¿De quién? Si llevo años sin recibir tan siquiera una carta. A excepción de mis investigaciones, ¡ya no me queda nada en este aislado lugar!

—¡¿Qué me puede importar?! ¡Miserable! Hay un paquete para usted. ¡Vaya y recójalo ya! —exclamó iracundo el centinela, dando un fuerte macanazo contra los barrotes.

El guardia lo toma hostil por la espalda, y como si él no conociera el camino, lo arrastra por el pasillo hasta la recia puertecilla de metal. Detrás de esta, un prisionero hablaba con una mujer mayor —quizá sea su madre —pensó —.

Un oficial se acercó. Traía consigo un pequeño paquete de forma cuadrada. —De parte de tu mujer. Aún después de haber matado a tu propia hija, se ha molestado en enviarte este obsequio. ¡¡¡Psicópata!!!

El paquete quedó expuesto ante sí. El sentimiento que lo embargó el día del homicidio volvía de repente a invadir su adelgazado cuerpo. Era una consistente cajita, que al destapar con suma cautela dejó al descubierto una mariposa que salió volando, buscando la luz. Dentro, una pequeña nota que decía:

"Gracias. Por favor, no me odies.

Juro que hoy día visitaré la tumba de nuestra hija. Siento mucho que no puedas acompañarnos. Todavía pienso en ti... no pude evitarlo. Lo siento.

Czessira Ushakova"

Congelados

Unos puntitos rojos fueron coagulándose al contacto con la nieve, mientras la cabeza de un hombre se hundía lentamente en su suave lecho fatal. La cuchilla separaba dócilmente sus lívidas carnes, mostrando de a trozos sus inmaculadas tripas y su tierno corazón, al tiempo que eran cubiertos poco a poco por la escarcha. El esplendor de la navaja era opacado por la sangre que cubría su hoja convexa. Un aliento helado salía entre sus labios purpúreos.

El cuerpo fue arrastrado unos veinte metros al lado de la autopista, dejando una estela rojiza a su paso. Allí se encontró con otro par de cadáveres, los cuales yacían congelados desde hace días. Sus rostros de pánico quedaron conservados por el frío.

La mujer limpió exasperadamente la cuchilla con la chaqueta del que aún agonizaba y, sacando un bisturí que había tomado del cajón de su marido, escribió repetidamente en el cuerpo de este hombre el nombre de "Lisha".

—L-I-S-H...—. La mujer modulaba cada letra, una por una, al tallarla sobre la piel del otro, pero cuando iba a grabar la doceava "A", una linterna le alumbró desde el borde de la vía.

—¡Czessira, no!... ¡has vuelto a matar! —gritó desesperadamente un hombre alto de bata blanca.

—Klim, ¡nuestra niña está por nacer! —replicó Czessira, acariciando su vientre con una mano ensangrentada.

—Czessira... sé buena. Toma tu medicina —dijo el hombre con un tono compasivo, sacando de su bolsillo izquierdo una pequeña caja que, al destapar, dejó ver un par de hileras de ampolletas de un suero amarronado.

—¡No quiero más inyecciones! No estoy loca, Klim... ¡no estoy loca! —exclamó la mujer en un impulsivo arrebato de llanto, hincando violentamente el bisturí en un ojo del cadáver.

—¡Basta, Czessira! ¡Basta! Por nuestra bebé... —dijo Klim, expresando un dolor profundo en su voz.

—Los amo —dijo ente lloros la mujer, y dejando que su marido se le acercara, una de las dosis fue inoculada directamente en su cuello—. A través de la jeringuilla transparente, se apreció cómo los centímetros cúbicos eran teñidos por la hemoglobina.

—¡Ughht!

— Por nuestro bien, Czessira. Por los tres —dijo Klim.

—¿Lo dejarías todo por mí? ¿Viajarás a Suramérica? —preguntó Czessira, sintiéndose culpable.

—Claro que sí, mi amor. Ahora no es propicio explicarte lo que tengo en mente, pero juro que perfeccionaré este antídoto. Mejor vamos ya a casa. Alguien podría vernos a los dos aquí.

Cápsulas

Sillones revolcados; prendas de vestir esparcidas por el suelo; cajones fuera de su bufete, y el ahogado llanto de una mujer.

—¿Klim?... por favor, Klim... ¡Kliment!... las necesito...

Un par de agitadas manos buscaron frenéticamente en la repisa del baño, en la mesita de noche, en los cajones de la sala, y por último en la basura; no aparecían. Sus ojos se abrieron en un electrocutante ataque de nervios. Sus dedos se contraían fuertemente; sus piernas se doblaron en un ángulo indescriptible; sus dientes mordieron su labio inferior, haciéndolo sangrar.

Dando tumbos por la cocina, la mujer se sostuvo del estante de los utensilios, haciendo un estrepitoso ruido al caer con todas las ollas y demás al adoquinado. Se resentía, se reía, rabiaba descontroladamente arrojando platos y sartenes contra la pared. Golpeaba iracunda sus puños erráticos contra la fría baldosa, lacerando sus nudillos. Babeaba una densa saliva traslúcida.

—¿Dónde está esa maldita caja...? —se preguntaba a sí misma con una voz apenas audible, agarrando un largo cuchillo para descuartizar pollos con el que, segundos más tarde, se rajaría la lengua.

Aferrándose a toda costa de la nevera, la mujer pudo incorporarse sola y, anonadada, notó que el corredor estaba marcado por una serie de huellitas de pantano. De seguro, pertenecían a su pequeña hija.

Corpus Christi

Esa tarde era sombría, gris. Las gárgolas hacían correr el agua lluvia a través de sus bocas, decorando funestamente la cúspide de la catedral. Afuera, una gran cantidad de curiosos se amontonaban para lograr ver la ceremonia que se realizaba en contra de una entidad maléfica.

—¡Belcebú, deja ya el cuerpo de esta mujer! —exclamó el cardenal Yefrem aplicando el crisma en la frente de Czessira.

Ella no respondía. Sólo permanecía con los brazos torcidos y la quijada abierta al límite, dejando un reguero de baba sobre el altar.

—¡Alto! ¡Dejen en paz a mi esposa! ¡No soy cristiano! —gritaba Kliment desde el atrio de la iglesia, pero por órdenes de su suegra, la señora Galina Kolesnikova, no lo dejaron pasar.

—¡Ella está enferma, no poseída! —insistía Klim en vano. Ya el cardenal se preparaba para darle a comer la hostia.

Czessira se quedó igual por varias sesiones de exorcismo, pero todo fue infructuoso. Ni siquiera con el vino de consagrar confesó espíritu alguno. El sacerdote la declaró caso consumado por Satán. La señora Kolesnikova, destrozada, no tuvo más remedio que dejar pasar a Klim al templo.

—¿Es usted el esposo? —preguntó el cardenal, a modo de pésame.

— Así es —respondió el Dr. Ushakov.

—Sé que usted es un hombre de ciencia y no cree en nuestro rito. ¡Que Dios le perdone! Pero si aún queda en su corazón algo de fe, conserve esta caja. Está bendecida por el altísimo —dijo el venerable Yefrem, extendiéndole un pequeño cofre. Por alguna razón Klim aceptó, alegando haber sentido algo parecido a la responsabilidad de ser papá.

¿Capítulo final?: Carpos

Un leve chasquido continuaba perturbando la quietud de la prisión a media noche. El polvillo seguía acumulándose a los pies de Kliment quien, agotado, continuaba su laborioso trabajo inclinado junto a la pared, en la oscuridad.

—Saulo, pásame la sierra delgada —pidió Klim con dificultad, jadeando.

—Vea, aquí tiene —dijo su compañero de celda, ofreciéndole el instrumento que llevaba escondido entre sus pantalones, sin perder ni un segundo de vista la puerta que estaba al otro lado del pasillo.

—Bien, ahora nos falta poco —dijo Klim en voz baja, mientras una tenue sonrisa se formaba en sus ajados labios. Uno de los ladrillos cedió.

—Te relevo, Klim. Debes descansar —dijo Saulo, apartando a su agitado compañero de la pared.

—Está bien. Vigilaré —dijo Klim sentándose en el borde del camarote, a la expectativa.

—¡Aaargh!
Unas gotitas de sangre jaspearon la arena. La segueta cayó estrepitosamente contra el suelo, creando un sonido seco; un eco irritante.
—¡Uggght!, lo siento… —dijo Saulo adolorido, resintiéndose sobre la repugnante cortada que acababa de

hacerse accidentalmente sobre la palma de su mano derecha. Acomedidamente, Klim retiró una funda de almohada y la envolvió en la extremidad herida de su compañero.

—Eso me pasa por no instruirte en cómo se… ¡Ahh! Ahora no hay tiempo —dijo Klim tras recoger el áspero instrumento, raspando lo más rápido posible los empates del último ladrillo necesario para que sus cuerpos atravesasen la muralla de piedra. Inesperadamente, unos pasos comenzaron a aproximarse.

—¡Carajo Klim, el guardia! —exclamó Saulo entre un nervioso quejido. Sabía lo que le esperaba a los que intentaban escapar.

Un manojo de llaves se escuchó a lo lejos. La cerradura intentó girar.

—¡Ahhght! —Klim pateó el ladrillo con fuerza. Este iba retrocediendo poco a poco— ¡Muévete!

El Dr. Ushakova estaba desesperado. Se tomó de una pata del camarote y empezó a golpear con ambos pies. Nelson se unió a la tarea. El ladrillo pronto cayó del otro lado, como a unos quince metros, produciendo un sonido ahogado al chocar contra las aguas.

—¡¿Qué?! —exclamó Saulo tras asomarse por la abertura—. ¡Justo debajo de ellos cruzaba un extremo del río! —¡Maldición Klim, maldición!

Sin reprochar su suerte, Klim se arrojó al piso, y como un insecto intentaba pasar por el angosto agujero. Pataleaba fuertemente, se raspaba los hombros, estirándose en un arriesgado intento por recuperar su libertad; su Czessira.

La puerta se abrió de súbito. Un oficial corrió rápidamente por el pasillo, pero sólo alcanzó a ver un par de piernas que desaparecieron entre las sombras. La voz se corrió por toda la decadente prisión. Los perros fueron liberados. Las armas fueron cargadas.

Los dos cuerpos se sumergieron en las sedimentadas aguas. El frío se les metía hasta la médula ósea. El impacto fue terrible, pero sus fibras musculares tenían aún que soportar el esfuerzo de nadar hasta la orilla.

—¡Klim, ayuda! ¡¡¡¡¡Aaahrgh!!!!! —el alarido de Saulo se escuchó tras de él—. Notó cómo algo le estaba succionando; que algo se aglomeraba alrededor de su compañero.

— ¡Mierda, Saulo! ¡Pirañas! —gritó impotente Klim—. La mancha roja se esparcía lentamente por el río.

—¡Klim! —gritaba Saulo, aún chapoteando por su vida—. Sorpresivamente, dos impactos de fusil provenientes de las alturas le atravesaron el pecho, liquidándolo despiadadamente. Cardúmenes de pirañas saltaron sobre el cuerpo del fugitivo. Un bizarro festín se estaba dando en el Orinoco.

—No... —suspiró el Dr. Ushakova al llegar a la orilla—. Solo, al borde de la hipotermia, y con energías apenas suficientes como para lograr ocultarse bajo el mangle.

Una mañana pasó, en la que se quedó así, derrumbado, con ese sabor a barro en la boca, observando pacientemente a los caracoles caminar sobre su morfología mientras se recuperaba remisamente, esperando a que el sol cayera de nuevo para emprender la huida. Cuando todo estuvo oscuro de nuevo, se levantó, se sacudió torpemente aquellos incómodos bichos y se abrió paso entre las ramas, cosa que no le fue nada difícil gracias a la gran experiencia que ganó en sus años como biólogo explorador. Olía las plantas. Veía el cielo estrellado. Tantos años cautivo lo tenían cegado de toda aquella belleza nativa que le esperaba fuera. Después de una larga travesía pudo distinguir, a lo lejos, su casa.

Una extraña sensación lo embargó al caminar de nuevo por ese aciago y estrecho camino. Su respiración entrecortada se suspendió al pisar algo suave. Un pequeño vestidito, moteado y curtido. El favorito de Lisha en los días de sol. El hombre abrazó aquella prenda mojada y pestilente como si fuese su propia hijita. Lloró.

Unos minutos más tarde, el profesor estaba parado en el pórtico de su casa, en el mismo lugar donde vio por última vez a su fiel asistente indígena, Munay Kuwapiri, antes de que esta perdiera la vida, y lamentó en lo más profundo de su ser su insolencia para con aquella joven de alma bondadosa y sincera. Se detuvo allí por prudencia, en silencio. Empujó la puerta; cedió.

La casa parecía no haber sido visitada desde ese entonces, de no ser por el montón de cartas postales que se aglomeraban debajo de la puerta, la mitad de ellas de la revista *биоэтика* ("Bioetika"). No le importó. El Dr. subió lentamente la escalera, evadiendo la gran mácula ocre donde alguna vez se topó a la occisa señorita Kuwapiri.

—Gracias… —susurró el Dr. Ushakova pasando, con lágrimas en los ojos, las yemas de sus dedos cerca de una marca en el noveno escalón.

Una vez en el segundo piso, el Dr. ingresó, después de un tiempo que no podía calcular, a su antigua habitación. Lo que más deseaba en aquellas penosas noches de cautiverio era dormir nuevamente en su propia cama, y así lo habría hecho, si no hubiese encontrado a alguien más reposando allí.

—¿Czessira? —preguntó Klim.

Alguien respiraba toscamente entre las sábanas. Un olor putrefacto emanaba de la cama.

—¿Czessira? —insistió el Dr. Ushakova, retirando la funda y dejando al desnudo a una mujer macilenta, con los ojos invadidos de lagañas; el cuerpo plagado de hongos; salivando un fluido rosáceo; abrazada a un consumido brazo humano.

—¡Czessira!

La mujer cambió bruscamente su falso estado de muerte y saltó sobre su marido, mordiéndole un hombro con agresividad. Con la fiereza de un animal indómito, lo embistió fuera al pasillo, aferrándosele de forma innatural. ¡Clavando las largas uñas de sus pies en el pecho de Klim!

—¡Carajo! —gritó Klim, rajándole profundamente, con la segueta que llevaba, la espalda. Un mugido desgarrador retumbó por toda la sala. La "criatura" se desprendió, cayendo estrepitosamente al primer piso.

Afortunadamente, la gruesa chaqueta carcelaria había protegido en parte su integridad física —de otro modo me habría sometido— admitió Klim, y se apresuró a perseguir a su peligrosa mujer—. En el primer piso, lo primero que se le ocurrió fue correr hacia la cocina, la cual estaba destrozada. Ollas por el suelo, utensilios regados, la mesa volcada, la nevera entreabierta y, ¡Oh, Dios mío! ¡El cuerpo amputado del cartero estaba sanguinariamente insertado en el refrigerador! Vomitó.

Jadeante, Kliment pudo advertir que una sombra negra se introdujo lóbregamente en su laboratorio.

—¡Detente, Czessira! —exclamó desesperado Klim.

El laboratorio era un lugar nauseabundo; químicos esparcidos por doquier se combinaban en peligrosos charcos ácidos. Plantas invasoras surcaban la habitación, ocultando alimañas que a contraluz chirreaban por las paredes. Muy al fondo, se levantaba la figura demacrada de Czessira.

Klim introdujo su mano en el bolsillo posterior de la chaqueta. Cuidadosamente fue sacando la pequeña caja. Se dirigió a uno de sus estantes, retirando una serie de ampolletitas marrones, y las vertió en su interior. También rescató el revolver de la casa, ocultándolo con la otra mano, tras su espalda.

—¿Recuerdas esto, Czessira? —preguntó pausadamente el Dr. Ushakova, exhibiendo una jeringa de quince mililitros.
—¡Agght! ¡Las apartaste de mí! —gritó la decadente Czessira.

—Todo fue un accidente —dijo Klim— aquella mañana salí con nuestra hija...
—¡Y me dejaron sin solución! —interrumpió Czessira, arrojando toscamente un puñado de huesos a los pies de su marido— estas manos traviesas robaron mi salvación, Shako... ¡Toma sus falanges!

Klim recogió del piso los pequeños carpos. Envuelto en una inenarrable aflicción, cargó la jeringa hasta llenarla por completo, con triple dosis de su antídoto. Lleno de rencor, Kliment se acercó a su esposa la cual, en un rápido movimiento, intentó hincarle un oxidado cuchillo de cocina a la altura de los riñones.

—"Shako"; ¡sólo Lisha me llamaba de ese modo, malnacida! —exclamó Klim reteniéndola firmemente por la muñeca con una mano, y aplicando a su vez, con la siniestra, la mortífera dosis de suero terroso a su vil atacante, introduciendo la gruesa aguja en la brotada vena aorta de su compañera y descargando todo el fluido en su interior. De inmediato, la mujer sufrió un horrible espasmo nervioso; sus extremidades se contrajeron al límite. Un grito de dolor fue ahogado por más vómito, hasta que sus lánguidos músculos acabaron de romperse por la fuerte tensión. Finalmente, un par de lágrimas emergieron de sus irritadas órbitas oculares, las cuales buscaron a Klim, pidiendo clemencia.

—Nunca más —respondió Klim, descargando toda la munición del revólver en la cabeza de su amada, haciendo rebotar el cuerpo en cada impacto, volándole los sesos en una explosión de asquerosas emulsiones.

Con un profundo dolor, guardó los huesecillos de las manos de su hija en la caja, la besó y la metió de nuevo en su bolsillo, mirando con horror el cuerpo sin vida de la mujer que amó. Dejó encendidos todos los mecheros que encontró en el laboratorio. Luego se dirigió cojeando a la cocina, y destapó al máximo la tanqueta de gas. Cruzó la sala por segunda ocasión y paró en la puerta, inclinándose dificultosamente para buscar entre la correspondencia un sobre que en específico le había llamado la atención, el cual venía acompañado de un poster ilustrado con el primer plano de un reconocible volvox y la fotografía de su antiguo colega Vadim Plotnikov, junto a su también científico hijo, Pavel.

Invitación urgente... Dr. Ushakova y familia... Universidad de Krasnodar... mención honorífica... boletos incluidos... investigación nanobiológica...

Decidido, el Dr. Ushakova se sumerge por última vez entre el escabroso sendero selvático, buscando regresar a su tierra natal sin otro recuerdo más que el de aquella pequeña caja donde aún guarda, junto a su corazón, los carpos de su adorada Lisha, la niña de las mariposas, la que jamás conoció la nieve.

El portal negro

(Otro-Man series / Episodio #3)

Levantándose dificultosamente de la acera, Lorelei consiguió alzar la mirada hacia las ramas del árbol. Allí estaba fijado el misterioso sujeto.

—¡Wolhnyr, viniste para ayudarnos! —gritó Lorelei con una expresión de alegría en sus ojos. Jubilosamente, saludó a aquel individuo agitando en arco ambos brazos por encima de su cabeza.

Wolhnyr se quedó callado, deslizando su mano derecha en un bolsillo del mismo lado de la larga sotana negra que lo cubría. Sustrajo tres bolitas de color mostaza, con las que jugó a intercalarlas lentamente entre sus dedos.

—¡Wolhnyr! ¡¿Por qué no dices nada?! —exclamó inquieta Lorelei, juntando las manos contra su boca a modo de altavoz.

La mano derecha de Wolhnyr dejó de jugar. La izquierda dio un golpecito hacia arriba de su monumental sombrero, dejando entrever su mirada. Una mirada diabólica.

—¡Cuidado, Olsen! —gritó Lorelei, cuando desde la cima del árbol fue arrojada una de las bolitas—. Dando un doble salto hacia atrás, Olsen pudo eludir un catastrófico impacto, el cual produjo tamaño estruendo en la calle que chillaron las alarmas de los automóviles estacionados en dos cuadras a la redonda.

—¡BOMBAS DE NAPALM! —Exclamó Lorelei.

La mueca de Wolhnyr se hizo más pronunciada cuando, volviendo a expurgar en sus bolsillos, sacó un puñado de estos proyectiles. Sin misericordia, los fue lanzando deliberadamente por todo el lugar.

¡BOOOOOOOOOM!

Haciendo audaces acrobacias en el aire, Olsen podía esquivar cada ataque, sin ser consciente de sus movimientos. ¡Era como si el traje decidiera por él!

Las personas escondidas en los alrededores no daban crédito a lo que estaban presenciando. Las bolitas no dejaban de caer. Era una lluvia de fuego que no cesaba. A través de las chispas, la silueta de Wolhnyr era apenas reconocible.

—¡Baja ya de ahí! —gritó Lorelei, dándole patadas con un brío superheróico al rígido tronco del árbol, haciendo que este se tambaleara.

De repente, un racimo de canicas inflamables se precipitaban verticalmente hacia la anatomía de la chica.

—¡Lorelei! —Olsen realizó un rápido movimiento, saltando sobre ella, al tiempo que un halo amarillo los cubría a ambos; se creó un fuerte campo de fuerza que detuvo las letales esferas, explotando sin hacerles ningún daño.

—Pero, ¿cómo? —se preguntó Olsen.

Wolhnyr, manteniendo el equilibrio, materializó un látigo inmenso. Constripó tres bolitas en su punta, esta vez de color anaranjado, dándole un aspecto encendido.

—¡¿Wolhnyr, estás chiflado?! —exclamó Lorelei al apreciar tal desmesurada arma.

El látigo fue desplegado hacia Olsen, atrapándolo por los hombros y jalándolo a un lado y otro de la calle, siendo barbáricamente golpeado ante la mustia mirada de los curiosos.

—¡¿Qué pasa contigo?! ¡¿Qué te hicieron, Wolh?! —le gritaba Lorelei a Wolhnyr, percatándose de que él tenía un artefacto extraño fijado a su cuello.

Olsen también lo notó, pero era imposible liberarse del fuerte agarre del látigo. El matiz de su extremo se acentuó a un naranja más brillante.

—No te muevas Lorelei, ¡o le vuelo la cabeza! —dijo Wolhnyr, con una voz gruesa y macabra.

Lorelei se tumbó de rodillas, resignándose a ver cómo su compañero recibía una implacable paliza.

La luz neón recubrió las botas de Olse, quien en un dinámico salto se apoyó en el tronco del árbol, sosteniéndose del látigo que estaba amarrado a su torso. De pronto, la fortaleza retornó a sus brazos, ¡pudiendo halar del látigo, y trepando por él!

—¿¿¿Qué??? —se preguntó asombrado Wolhnyr. Ante su mirada estupefacta, Olsen aparece como un rayo al frente suyo, desenganchándole una limpia patada en la nuca que impactó sobre el extraño artilugio, haciendo perder su estabilización y dejándolo caer desde las alturas en el seto de rosas de una vivienda cercana.

—¡Nooooo! —gritó aterrada Lorelei, corriendo hacia los rosales dispuesta a buscar al caído. Una risita adolorida salió de entre las ramas, de donde una mano extendió una rosa a la desesperada chica.

—¿Me extrañaste, "Lorelei"? —le preguntó Wolhnyr junto con su mirada característica, alegre y pícara.

—¡Has vuelto! —pronunció Lorelei entre gimoteos, abrazando a su amigo herido.

Olsen los alcanzó, con el sable apuntando a la cabeza de Wolhnyr.

—¡No, Olsen! ¡Detente! —afirmó Lorelei.

No quería atacar, pero el traje le decía que sí. Tras varios segundos, volvió la claridad a su mente. El uniforme se holgó y dejó en libertad sus músculos. La espada se disolvió como éter.

—Odhrán, amigo... —dijo jadeante Wolhnyr.

Olsen era consciente de que había un pasado que debía de recordar.

Wolhnyr se incorporó. Un pentagrama se trazó en el lugar donde estaba pisando, y pronunciando unas extrañas palabras en lo que se suponía un idioma arcaico, creó un agujero negro a sus pies que se iba expandiendo gradualmente.

—¡Dense prisa! —les gritó Wolhnyr sin titubear.

—¿A dónde vamos? —preguntó Olsen.

—De donde vino el de las hachas. Donde me engañaron... —respondió Wolh señalando el boquete de gran envergadura que el Maniático Anónimo había dejado estampado en el pavimento. Para sorpresa de Olsen y Lorelei, ya no estaba ahí.

—¡Imposible! ¡¿Qué rayos?! —exclamó Olsen con un susto terrible.

—No es seguro. Luego te lo contaré —dijo Lorelei.

La madre de Olsen, preocupada por las explosiones, se apresuraba hacia el colegio cuando lo vio vistiendo un raro traje, al lado de una pareja de extraños parados sobre un insólito portal negro.

—¡Hijo! —gritó la señora al momento que Olse era empujado por Wolhnyr hacia adentro. Este, mostrándole una leve sonrisa a la mujer, cerró el portal tras de sí.

Continuará…

Lado B

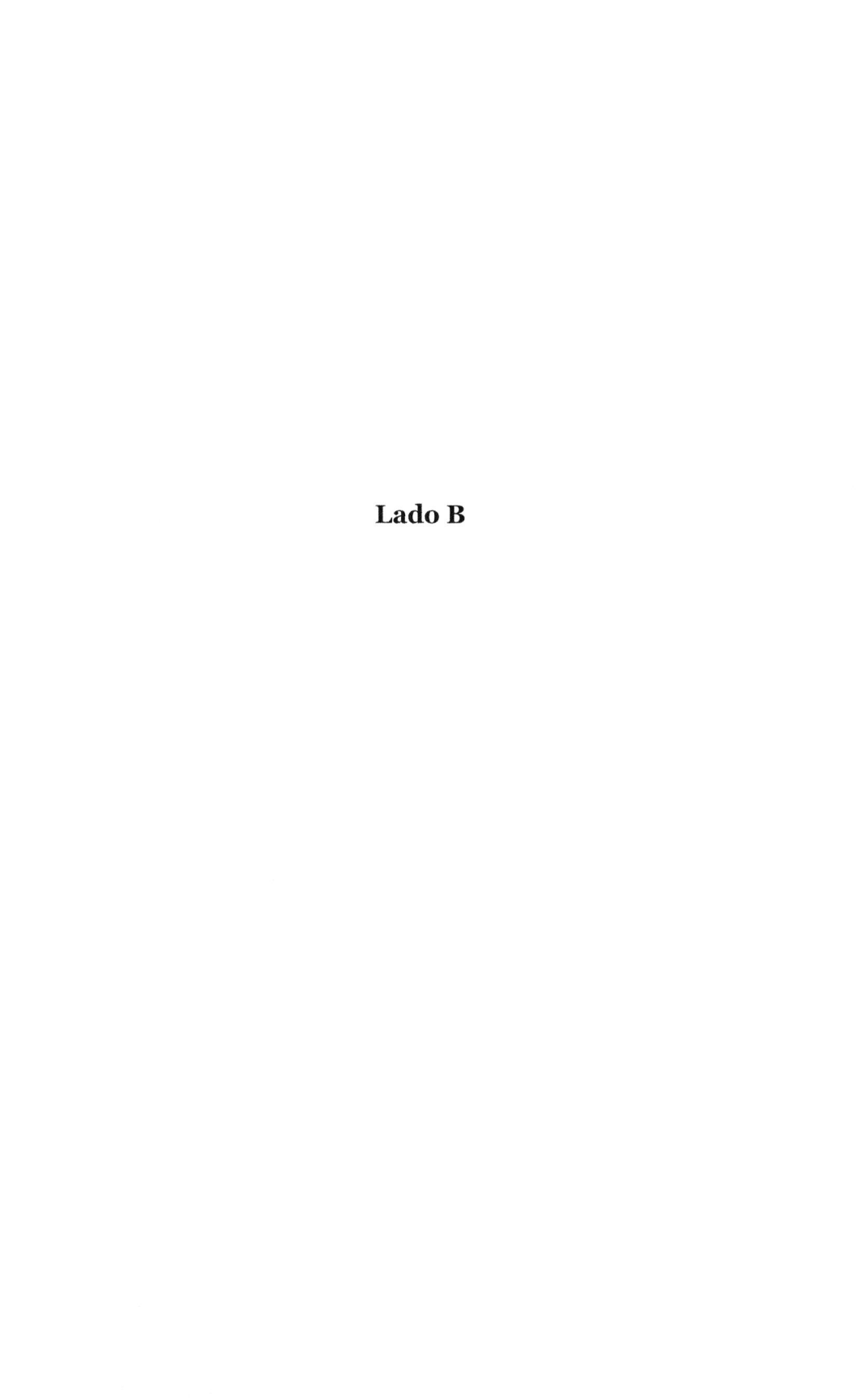

En informática, es llamado "huevo de pascua" a un contenido extra introducido por un programador. Y es que siempre hay un lado B, el que la gente normalmente pasa por alto en su vigésima primera cita, o en los funerales cuando dicen "era tan bueno"... Segundas partes, no-cuentos y demás relatos "no aptos para intelectuales".

El momento perfecto

Enzo Builes era un hombre enamorado; enamorado de su divina Azalea, tan sencilla, tan pura, tan mujer... ¡sería tan hermoso poder conquistarla y tenerla cerca! Lo único malo es que ella estaba de novia con Nicanor Daza, el señor dueño de la hacienda.

A pesar de esto, Enzo seguía; perseguía la pista de su razón de ser. Espiaba; se arrastraba junto a su ventana para lograr ver al menos un poco de su cuerpo. Lo único malo es que éste estaba guarecido de sus pupilas por las molestas extremidades de un frondoso árbol. Entonces, mientras se paraba en puntas de pies, sorpresivamente tocaron a su puerta.

Era el Sr. Daza, quien después de ofrecerle una mano mucho más fuerte que la suya, le ordenó traer los preparativos para una celebración que se realizaría esa misma noche, justo para declarar ante el pueblo que su boda con Azalea era inminente.

Una vez posada la luna sobre sus cabezas, la música danzaba entre los muros de la casa. Personas entraban de cuanto en cuanto. Después de un rato el vino comenzó a acabarse. Luego las cosas que no debían decirse, se dijeron. En el calor de la fiesta el diablo bailó alrededor de la sala. De repente, un duro golpe estremeció a los invitados.

Corrió Enzo hacía la mesa; silencio. Siguió por el pasillo; cuerpos estáticos se percataban de su presencia. Luego la vio, sentada en las escaleras. Lo único malo es que lloraba. Miró un poco más de cerca y observó cómo lágrimas diamante caían por sus mejillas, y con un poco más de esfuerzo logró contemplar que su corazón reposaba sobre sus manos, y que estaba roto.

¡Maldito el sentimiento que recorrió sus entrañas! ¡Maldita la impotencia que le producía! Sin decir nada se fue de la casa, casi a la madrugada, y salió en la búsqueda de un nuevo corazón. Lo único malo es que no era temporada, más que de picas y diamantes. ¡Ah!, y de unos cuantos tréboles, ninguno de cuatro hojas.

Decepcionado, enlodado y más impotente todavía, optó por regresar.

Ya se ponía el alba. No había gente, más que la dama aún sentada en las escaleras, marchitándose. Apenas si pudo alzar la mirada y decirle que pasara. Lo único malo es que él estaba chorreando fango, y así no se atrevía a... ella lo dejó por un momento. De regreso le ofreció una toalla, una bebida caliente y algo de pan. Con mucha pena aceptó, y aun con mucha pena consumió el alimento. Lo único malo es que el pan estaba amargo y la bebida sabía a hiel. Ella lo notó, y su cara fue cubierta por una nube oscura. Subió lentamente a su cuarto y lloró con una pena profunda que sin querer atrajo a Enzo a consolarla, y Azalea, sin más ni más tomó de su mano, y... lo único malo es que aún estaba embadurnado, y lo único malo es que Nicanor se dirigía a la casa, y lo único malo es que ella le desnudó sus sentimientos de que también lo quería... ¡esperen!, ¡eso no es malo!; y se dieron el beso que marcaría sus vidas, y sintieron que el mundo no les era suficiente, y él percibió que ella olía bien, y aunque la puerta estaba por ser derrumbada a golpes y la cama no resistiría sus cuerpos, no había nada, pero nada de malo. Nadie podría perturbar este instante, estos segundos de paz relativa; de revelación sensitiva. Ya los corazones estaban de vuelta revoloteando por doquier, y la cama se derrumbó, y la madera crujió, y la puerta no daba más, y durante un parpadeo ellos flotaron en el aire, y por fin sintieron eso que es inexplicable, y entre tantos sonidos se logró escuchar un te quiero y un juramento de vivir juntos por el resto de sus vidas. Lo único malo es que esto nunca pasó… fue un invento mío.

Parejita indecente

Una jovencita pedía puesto en el metro para su anciano acompañante, quien iba caminando torpemente tras de ella. Nosotros le cedimos nuestro par de asientos al abuelo sin sospechar que, minutos después, el viejito empezaría a tocarle las piernas a la mujercita, la cual, para asombro de todos, no se resistía.

—¿Ves lo que yo veo? —le pregunté a Anselmo.

—Sí… que viejo más depravado —me contestó.

El vejete, con parsimonia, acercó su mano tanteando hasta la faldita, mientras que la señora del perro, sentada en la silla contigua, se movía incómoda con el guacal para no participar de tal extravagante escena.

—Oye Brandon, ¿será su nieta? —me preguntó discretamente Anselmo.

—Podría serlo —le dije.

Entonces la chica, ante decenas de pasajeros, le dio unas sensuales caricias al pellejo que colgaba del arrugado cuello del anciano. La señora del perro se estremeció.

—Esta juventud está loca —dije— ya todo lo hacen por dinero, ¿no crees?

—No —respondió Anselmo acercando su barriga contra la mía y abrazándome por detrás, al instante que nuestros espesos bigotes se juntaban en un beso turbio y profundo—. El viejo y la joven se nos quedaron mirando. ¿Será que se dieron cuenta de que estábamos hablando de ellos?

La señora del perro, indignada, se levantó cargando a su cánida parejita, y al llegar a la siguiente estación se bajó del tren metro.

El corazón de Lagrange

Joseph-Louis Lagrange (1736-1813) Nacido en Turín, de madre italiana y francés de parte de padre. Se cuenta que fue un joven genio. Le bastó estudiar intensivamente matemáticas de los diecisiete a los diecinueve años para convertirse en un profesor magistral, periodo en el que, sin darse cuenta, le conoció Celeste Ambroisie[1].

Lagrange hizo contribuciones importantes a la teoría de números, funciones y ecuaciones; al análisis infinitesimal y a la mecánica analítica. Ambroisie no colaboró en nada de esto. Sólo gustaba observarlo entre los estantes de la biblioteca. No sabía por qué lo hacía, pero algo en él le atraía; algo que nadie había notado antes en sus solitarias tardes de estudio, que la incitaba a perseguirlo.

Convocado por Federico el Grande, Joseph se hizo de la respetada posición de Euler, su estimado predecesor, como director de la Academia de Berlín. Allí estuvo ella, perdida en la gran ciudad, siguiéndole la pista a su amor imposible,

---

[1] Esta mujer quizá jamás intervino en la vida de Lagrange.

visitando cada una de sus conferencias públicas; no por lo que decían sus fórmulas, sino por lo que expresaba su bondadoso y apacible corazón.

Uno de tantos días anodinos, uno cuando tuvo las suficientes fuerzas para expresarle su amor, Celeste le dejó en la mesa donde solía pasarse todas las tardes un par de claveles amarillos, una caja de chocolates de avellana (había escuchado que le encantaban) y una carta donde le confesaba sus más íntimos sentimientos; la misma que jamás fue respondida hasta el día antes de su muerte; respuesta que atormentó a la anciana por el resto de sus días. Pudieron haber sido muy felices... aunque él sólo vivió para la ciencia.

Conjuro con jurado

Cierto día, ante la corte del aquelarre, se presentó la pitonisa de la noche, la maldad hecha leyenda, ¡la mismísima Nerea! Bruja de gran prestigio entre los que han osado venderle, a cambio de algún favor, el alma al diablo.

Con una voz ronca y macabra, la hechicera pronunció las palabras mágicas que anunciaban, en presencia de todo el mesmerizado jurado, un acto nunca antes patentado en la historia esotérica: la transmutación de la carne.

La bruja demostró su despampanante proeza convirtiéndose en gato, cuervo, rana, y demás criaturas, pero en ninguno de los casos logró convencer al alto juez negro quien, siempre a la expectativa, se percató de su verruga inconfundible.

El día que salió por ahí

Día viernes. Seis treinta de la tarde. Calor sofocante. Tráfico aterrador. Nada que difiriera en la típica rutina de regresar a casa después de un extenuante día de trabajo. Una vez llegara a su hogar saludaría a su esposa, cargaría a su hijo menor, y esperaría a que la chica adolescente lo recibiera, como de costumbre, con un "papi, ¿me das dinero para ir de compras?"

Sus dedos percutían rítmicamente el volante, con la vista perdida en la parte trasera del camión que tenía enfrente. Sus ojos voltearon a mirar al parque que, lleno de luces y color, celebraba un animado festival callejero, el cual le recordó aquellos días de infancia e inocencia.

—¡Eso es para la urbe! —exclamó, regañándose por siquiera pensarlo— sencillamente no debo mezclarme con ese tipo de gentuza. ¡Es una idea ridícula!

El tráfico no cedía ni un poco. Los automóviles se extendían hasta perderse de vista. La fiesta continuaba allá afuera.

—Estoy solo, ¿acaso no puedo? —le dijo a su reflejo tras el retrovisor, sintiendo que su corazón palpitaba ávidamente, emoción que, para su sorpresa, residía escondida en algún resquicio de su ser.

Pero no; se lo impedía. El trauma de haberse criado en el seno de una familia adinerada le imposibilitaba ser demasiado arriesgado. Su aliento acelerado empañaba el cristal del automóvil a medida que se perdía de la experiencia, otra de esas de las que tanto se quejaba, de las que no había vivido ni viviría.

El semáforo cambia a verde. Los minutos pasan rápido, pero ahí sigue, impune. Los autobuses le pitan; no se mueve. Hay quienes dicen que el conductor está muerto. ¿Cómo saberlo? Los vidrios polarizados ocultan su identidad.

—¡Dios mío! —gritó una pasajera— ¡eso es un carro bomba!

Al chofer del bus contiguo lo insultaron, ordenándole que abriera las puertas. Este estaba en shock, perdiendo su mirada en la oscuridad del coche. Los pasajeros entraban en pánico en un efecto dominó.

—¡El carro se está moviendo! —exclamó alguien más.

El sedán negro salió de su carril, virando hacia el carnaval. Sorteó unos cuantos puestos ambulantes, y terminó estacionado frente al atrio de la iglesia. Optó por no salir inmediatamente del coche, notando que la noche era demasiado joven para él. A veces meditar dentro de su auto le daba el coraje para enfrentarse a sí mismo; soñar despierto; primera vez que le pasaba mientras conducía. El chillido de una motocicleta lo hizo volver en sí. Tuvo el chance de hundir la suela en el acelerador, o de acudir a sus guardaespaldas, pero hoy había determinado volver a casa solo. Se jactó al pensar que con una llamada podría acordonar la manzana, o incluso comprar la feria; calmar la sed de alcohol de los transeúntes con una flotilla de camiones cerveceros; convocar a un cantante pop. En serio, podría.

La gente observó cómo un hombre elegantemente vestido se bajó del vehículo, se dio la bendición, y caminó lentamente en dirección a una humilde demostración de fuerza bruta, en la cual un sujeto semidesnudo, gordo y mal tatuado, invitaba a la gente a presenciar el acto de la cama de vidrio molido.

—¿Se va a acostar ahí? —preguntó el hombre a un par de niños expectantes.

—¡Eso no es nada! ¡Espere y verá! —respondió uno de los niños, mientras que el otro se infiltraba entre el tumulto.

En efecto, el gordo se acostó tranquilamente sobre los vidrios, invitando a una persona del público a que caminara sobre él.

—Usted, el de corbata, ¿quiere hacerme el honor? —le preguntó el faquir callejero.

—¡¿Yo?! —contestó asustado el hombre.

—¡Que lo haga! ¡Que lo haga! —gritaba la gente a todo pulmón.

Resignado, pero a la vez emocionado, el cachaco se atrevió a caminar sobre la panza de aquel hombre, dando un par de oscilantes flexiones para no resbalar, y bajando por el otro lado.

—¡Eso es! ¡Un aplauso para el caballero! —celebró el faquir incorporándose, mostrando sus magulladuras, comprobando así que en su temerario evento no había truco alguno—. Mucha gente se tapó los ojos, pero sólo unas cuantas depositaron su colaboración voluntaria en la canasta, entre la cual sobresalían dos tornasolados billetes de cien mil pesos.

Para cuando el gordo contó el dinero recogido en su última función, el hombre de la corbata ya estaba pasando por los puestos de comidas. Varios en la multitud lo miraban, sobresaltados.

—¿Es que uno no puede salir así, por ahí? —se preguntó y, sin ninguna pena, ordenó un chuzo de pollo y una mazorca asada, la cual deglutió con ferocidad.

—¡Comer con las manos! ¡Qué delicia! —pensaba— ya que ni en su hogar ni en su lugar de trabajo podía caer en tan bajos deleites y caprichos.

—¡Mmm... qué rico está esto! ¡Y lo barato que está!

Complacida, la señora del negocito le ofreció más servilletas a su extasiado cliente, quien sin esperar ningún vuelto le canceló con otro billete de cien mil.

—Señor, ¡¿está seguro?! —preguntó asombrada la humilde mujer.

—Quédeselos —respondió el hombre, considerando que este era uno de los mejores días de su vida.

Entre gritos de "todo a mil", "algodón de azúcar", y "acérquese, que por ver no cobramos", el silencio de una pareja de jugadores se hizo evidente. La turba se aglomeraba otra vez para lograr apreciar la infalible táctica del tipo de las damas, invicto por once semanas consecutivas; el bohemio más conocido del parque. Con una mueca, aseguró la victoria. Un nuevo nombre para su libreta del récord.

—¿Puedo retarlo, señor? —pregunto el hombre elegantemente vestido.

—Como guste —respondió porfiado el invicto.

Había jugado damas chinas en Internet durante años, agotado de enfrentarse *versus* la computadora. Sus socios cercanos temían perderle una apuesta. Su nivel con este juego de mesa tampoco era improvisado para él.

—Acepto —respondió excitado— yo con las negras.

La multitud miraba fijamente el encuentro. Los más expertos frotaban sus barbillas, haciendo caras en cada ocasión que una ficha azabache era eliminada, perplejos.

—Perdiste —dijo el retado con una sonrisa burlona, pidiendo cortésmente a su contrincante que pusiera la firma en el sagrado libro de su racha ganadora—. Este así lo hizo.

—¡No es posible! —gritó al leer el último nombre que estaba inscrito en el cuaderno—. Su gran parecido no había sido casualidad.

Feliz, con muy buenos recuerdos y la mente despejada, el señor elegantemente vestido regresaba a su automóvil para dar por finalizada su solitaria travesía.

—¡Nadie creería de lo que hoy fui capaz! —se decía nuevamente para sí, meditando en lo loco que había sido su arrebato, en lo que... ¡¡¡Aaaght!!!

El bate ensangrentado cayó rodando por el asfalto, dibujando una ancha pincelada roja. Los tres delincuentes agarraron su billetera y también las llaves del auto, en el cual huyeron a toda velocidad junto a su agonizante víctima, deteniéndose en la canalización de un río.

—¡Adiós, señor presidente! —le gritó violentamente uno de sus asaltantes, escupiéndole en la cara y empujándolo sin piedad al despeñadero.

—Adiós... —dijo el señor presidente antes de sumergirse en las inmundas aguas de su queridísima república.

***

La policía ha realizado un sinnúmero de expediciones a lo largo del río donde un grupo de personas aseguraron verlo tirar. Sin embargo, su cadáver aún no ha sido encontrado... ayer se hizo oficial la extraña desaparición del doctor Quintín Roberto Ballesteros, actual presidente de la reconocida industria de bebidas alcohólicas… en los más leídos diarios y noticieros del país… se le pide a la ciudadanía llamar al 0180057**** por si acaso tienen información adicional sobre él… los mantendremos informados…

Tragicomedia programada

1. Seleccione una mañana en que la nieve esté cesando para ir de cacería. Vista de chaqueta, gorro y guantes blancos para no ser descubierto. Luego diríjase al bosque más cercano y espere en silencio detrás de un árbol.

2. Recuerde que la presa que le interesa capturar hoy día es un conejo, no una liebre u otro roedor similar. ¿Cómo diferenciarlo? Sencillo. Siga la guía incluida en "El Libro del Buen Cazador" de T. L. Marchenko.

3. Tenga mucho cuidado con los lobos. Podrían hacerle daño a la integridad de su presa, ¡e incluso a la suya!, por lo que recomendamos ávidamente mantener un amplio rango de visión con el uso de binoculares apropiados.

4. Una vez detectado el espécimen más grande y fuerte, apunte con su rifle justo a la cabeza. Realizar el impacto en alguna otra parte del cuerpo podría ocasionar un intento fallido o un daño severo en la anatomía del animal. Tenga en cuenta que, después de oprimir el gatillo, no habrá una segunda oportunidad.

5. Cuando la presa haya sido ejecutada, desplácese cautelosamente hasta el cadáver y extraiga de su equipo un cuchillo *Ginsu*[2].

6. Corte una pata y bote el conejo.

7. ¡Mucha suerte!

PinkDreams

Una muralla rosa se levanta desafiante en mitad del desierto, dejando escapar un resplandor amarillo de cada

---

[2] Reconocida marca de cuchillos profesionales.

uno de sus cubículos. El asesino, el policía, la parejita indecente, y hasta el mismísimo demonio han coincidido en pasar la noche en aquel famosísimo motel de cinco estrellas, al lado de la carretera. Un delgado muro los separa, pero ellos no se dan por advertidos mientras, al transcurrir el tiempo, van apagando una por una las luces, haciendo que todo quede a oscuras y en silencio, como en un principio.

Reencuentro frustrado

(Encuentro casual 2)

El minimercado estaba más concurrido que de costumbre. El inclemente calor no cedía ni un sólo grado, en cuanto los cuerpos dentro del establecimiento se apretujaban en un incómodo y pegajoso recorrido comercial. El sudor de Sisberto goteaba en cantidades por sus sienes. Su bigote espeso recogía la humedad salida de sus fosas nasales. Las manos encalladas manipulaban ahora monedas, haciendo cuentas.

—Quesito redondo… —musitaba él, en una situación donde escoger un producto de más significaría el desajuste de la canasta familiar— ¡ya está!

Habiendo decidido estratégicamente las compras básicas de la semana, una no menos larga fila le espera hasta la caja. Cerca de veinte minutos adicionales estando de pie. ¡Ja!, no se había percatado de lo tanto que le dolían los talones. Las botas que llevaba no eran las más cómodas y decentes que alguien pudiera calzar, pero bueno, no estaba para andar divagando en carencias como esa.

—El siguiente —dijo la cajera como era habitual. Un segundo, ¡esa no era la de siempre! ¡No, no! Su carné no dice "Janet", y su cabello no es largo y rojizo. En cambio, esta lo lleva rubio y corto, y se identifica como "Elba". Bonita y lunareja; chiquita y tetona. Pese a ser toda una dama, quien la ve dice que es puta. ¡Qué problema! Ya él no tendría la misma confianza para pasarle los bonos de descuento que canjeaba usualmente al momento de pagar.

—¿Algún problema, señor? —preguntó Elba.

—Ehemm… ¿está Janet? —preguntó a su vez Sisberto, contrariado.

—Janet sólo trabaja los sábados —dijo Elba, introduciéndose a la boca una larga cinta verdirroja de goma de mascar.

¡Pucha!, verdad que es viernes. ¡Los bonos hoy no cuentan! Todo por aquella estresante conversación con Alan. De tanto pensar en ello, había perdido la noción del tiempo.

—¿Podría llamarme a Teo? —indagó nuevamente Sisberto, preocupado.

—¿Y quién es Teo? —preguntó Elba.

—Pues Teodoro, el administrador —respondió Sisberto.

—¡Ahh! El señor Teodoro Galván —indicó la cajera en un tonito cínico, terminando con la creación de un desagradable y grumoso globo de chicle.

—Sí, me refiero a él —dijo Sisber lacónico.

—¡Hey, muévanse! —gritó un sujeto desde el fondo de la fila.

—Señor, ¿quién es usted? —inquirió Elba, ya enojada.

—¿Cómo quién? Sisberto. Todos aquí me conocen. ¡Soy un cliente de toda la vida! —respondió él, extrañado y también molesto.

—¡Pues yo no! —gritó Elba grosera— ¡sálgase de la fila, que tengo gente que atender!

¡Disculpe! exclamó el señor Teodoro—. Al escuchar tanto alboroto, salió de su oficina a cerciorarse.

—Jefe, ¡vea a este buscando problema aquí! —exclamó Elba, poniendo la queja.

Sisberto enrojeció. ¡Estaba colérico! Observó relentizadamente cómo aquellos labios carmín pronunciaban tal blasfemia. No quería estar ahí, ni en la calle, ¡ni en ninguna parte! Sólo tenía un vil impulso de que un pedazo de cielo raso se desprendiera delante de la fila sobre la cajera, dejando su cruda estela de sangre grabada en el mugriento baldosín.

—Sisberto, acompáñeme por favor —citó Teodoro con una voz grave—. Él lo siguió, entrando a su despacho.

Un cuarto de hora pasó rápido. Ya los dos hombres habían aclarado el pequeño inconveniente y aludido otros cuantos temas personales. Afortunadamente, todo llegó a feliz término, tanto que el señor Teodoro lo invitó a almorzar a su casa. Sisber pensó en la suerte que había tenido al conocer a un hombre tan transigente cómo Galván, quien además de ayudarle con el mercadito semanal, ya se había tomado la camaradería de llamarle amigo.

Doce en punto. Hora de salir de la oficina junto al correcto señor Teodoro y verle la cara de cerda a la cajera esa, disfrutar un poco para sus adentros y sonreír sarcásticamente por llevar un mercadito bueno a casa y tener una promesa de almuerzo asegurada; ¡sin pagar un centavo! ¿Cuántas veces se había dado un antojo como este? Sisberto no pudo recordarlo.

¡Juá! Don Galván no era millonario, ¡pero tenía un buen carrazo! Sisber no se la creía montado en esa nave plateada cuatro puertas. Efímeramente, se sintió el rey del mundo. ¡Por un breve lapso no era pobre! Llegaron. Se bajó del carro; entró a la casa de sus sueños, saludando a la mujer estándar y el hijo que nunca engendró, ya universitario, no como los suyos que ni colegio tenían, que se alejaban de la imagen de Alan y de Teodoro, que peligrosamente se parecían a él. ¡Qué Dios no lo quiera! Ojalá sean grandes, ¡sí, como ellos!, con plata, y si estudian algún día, ¡escojan algo productivo, que nos rescate de esta miseria!

Mesa lista. Cubiertos milimétricamente puestos sobre las respectivas servilletas. Abundante comida. Pelos de punta. Sisberto no estaba acostumbrado a este tipo de recibimientos formales, pero el hambre terminó por convencerle a quedarse. El niño salió de su cuarto con las muñecas amarradas con un pañuelo. Traía puestos unos lentes negros, y un artesanal sombrero de copa realizado con cartulina negra y cinta adhesiva. Lucía un improvisado mostacho pintado con marcador.

—¡Lo que busqué esas gafas de sol! —exclamó Teodoro— parece que el truco no funcionó. ¿Te desato para que comas, mago?

—¿Es ese marcador de tus útiles escolares? No es borrable, querido. Te quedará la marca —añadió su madre.

El niño se limitó a dejarse desatar.

—¡Fíjate! Fettuccini Alfredo con albóndigas a la carbonara. ¡El platillo favorito de Houdini! —exaltó Teo enrollando algo de pasta con el tenedor, en un intento por captar su atención.

—No lo creo —contestó su hijo.

—A lo mejor sí deberíamos comprarle esa tableta digital que tanto nos pide —sentenció la esposa.

¡Tas, tas, tas!

—¡Eso fue bala! —gritó Teodoro alarmado. El niño brincó del comedor para ir a meterse en su cama, dejando caer su gorro sobre los fideos. Teo fue detrás. Su mujer, casi en cuclillas, se dirigió hacia la ventana a curiosear lo que había sucedido. Sisber no se inmutó. Aprovechó la oportunidad para zamparse su ración, en secreto y sin rodeos, sintiendo una sensación de alivio instantáneo.

—¡Esta comida ha de ser un bocado del cielo! —afirmó Sisberto extasiado de degustar dicho plato, a su parecer exquisito, que nunca pensó posible para su paladar; por certero Alan Rengifo lo habría probado cientos de veces al cenar.

A pocos metros de distancia, Alan no se preguntaba lo mismo. El único sabor que ahora tenía en la boca no era otro que el de la sangre, la cual resbalaba por sus comisuras como consecuencia de tres impactos de bala, efectivamente, propiciados por la policía. La motocicleta fue a dar contra un autobús, disparando al ladrón por debajo de este, dejándolo postrado en una contundente agonía. Un patrullero se acercó para grabarlo, pero en vez de esto se conformó con tomar algunos paquetes de dinero. Transcurrida alrededor de una hora, más oficiales y especialistas se reportaron al lugar de los hechos, haciéndole el levantamiento al cadáver. Para cuando Sisber salió de la casa de los Galván, sólo logró percatarse del billete de cincuenta mil pesos que estaba tendido al frente suyo.

—¡Que suerte se tiene! —se dijo una vez más Sisberto, recogiendo la plata del piso—. Pensó en ajustarla para irse a comprar unas botas nuevas, pero eso será otro día; hoy estaba demasiado exhausto como para colarse en una tercera fila.

Soledad

Cabizbajo, y aun asimilando los minutos que acababan de pasar, estaba yo; derrotado, remembrando el cercano instante en el que la vi partir de este barsucho con un hombre. ¡Yo sé con quién! Una ira tenaz me calcinaba por dentro. Una pena intensa me postraba amargamente en esta jodida barra, hasta que volvió Soledad.

La dama se acercó tímidamente hacia mí, y yo, de inmediato, le pedí al barman que nos trajera un par de copas y media de ron, aunque fuera yo el que terminara tragándose la botella entera.

Ella, tan querida que es, dejó su copita intacta en el mismo punto donde la sirvieron, y se prestó muy amablemente para acompañarme hasta la casa.

Desvío hacia el calvario

(Otro-Man series / Episodio #4)

El interior del portal era un espacio vacío, oscuro y eterno. Una gravedad extraordinaria absorbía sus cuerpos en un viaje pesado e inefable, que era lo más parecido a estar muertos. Repentinamente, un pequeño punto de luz sobresalió entre la umbría, haciéndose cada vez más grande.

Un hoyo negro se abrió paso entre un cielo huracanado. De este se dejaron caer tres cuerpos a más de cincuenta metros de longitud.

—¡Wolhnyr, idiota! ¡Vamos a morir! —gritaba Lorelei, cayendo. Olsen pegó un alarido.

—¡No sé qué pasó! —exclamó Wolhnyr con una expresión de pánico.

—¡Has algo, rápido! —le ordenó Lorelei, a menos de diez metros de tocar el suelo.

—¡Lo intentaré! ¡Ahhh...! ¡*Shuo Ka Zen*! —invocó Wolhnyr desesperadamente y, abriendo su capa de pleno, provocó un imponente hechizo de viento que los mantuvo en el aire por una fracción de segundo, amortiguando sus caídas; despidiéndolos a la distancia.

—¡Uuuh...! —jadeó Lorelei tendida en el suelo, abriendo sus ojos lentamente—. Enfocó un cráneo humanoide delante de sí.

—¡Aaaaaaaaaaaay! —gritó La chica al percibir que estaba rodeada de cientos de miles de huesos, evidencia de un holocausto bestial.

Olse se había quedado sin voz ante la devastadora imagen. Trepidaba al fijarse que sus pies estaban siendo sumergidos entre despojos de cuerpos sin vida. Calaveras deformes y desquebrajadas se reunían en una duna de muerte color marfil.

Cada quien fue retrocediendo lentamente, hasta que sus espaldas se tocaron. La desolación se expandió por el *arena*. Unos ojos rojizos brillaron entre las sombras.

De pronto, uno de los esqueletos se movió, produciendo un sonido seco. Los tres presenciaron cómo se erguía en cuatro patas la figura de un difunto extraterrestre. ¡Los restos de un inmenso Umhoc!

El mastodonte se escondió entre despojos. Olse estaba atento de por dónde podría reaparecer. Un chasquido constante se escuchaba bajo la duna.

—¡¿Dónde estará?! —preguntó Lorelei aterrorizada.

—¡Iaahh! —Wolhnyr cayó en un estrépito—. Estaba siendo jalado desde abajo. ¡Dos colosales manos de hueso abrazaron su cuerpo!

—¡Wolhnyr! —gritó Lorelei, corriendo lo más rápido posible para auxiliar a su compañero, calculando una de sus poderosísimas patadas. Concentró toda su energía en la pierna derecha para efectuar un golpe devastador, que partió el cubito del monstruo en varios fragmentos, desligando la mano del cuerpo óseo del Umhoc. Liberando al novato mago.

—Gracias… Iledja —dijo Wolhnyr con la voz entrecortada.

—No me llames así aquí —respondió la chica.

El lugar quedó tan inerte como cuando llegaron. Nada contraatacó.

Las orejas de Wolhnyr vibraron un poco a causa de un sutil sonido que salió del cráneo de la bestia. Una pequeña criatura, parecida a un murciélago color cárdeno, salió volando por la cuenca de un ojo y se enterró en la escoria.

—¡Diablos! ¿Vieron esa cosa? —preguntó el prestidigitador *amateur*, retirando sus largos y lisos cabellos de su cara.

Olsen asintió, siguiendo con la mirada la vasta estela de muerte.

Un insecto titánico contorsionó su exoesqueleto entre los demás desechos. Olsen observó cómo sacaba dos sublimes pinzas asesinas. La cosa semi-descompuesta reveló cuatro pares de alas gangrenosas y las agitó vertiginosamente. Asombrosamente, voló.

La luz amarilla brilló en el pecho de Olse. El esplendor ardiente que emanaba de su ser quebró la perenne penumbra. Millares de huesos se hicieron cenizas en el acto. El alucinante traje vistió al joven, quien desenvainó el sable precipitadamente, dejando a la vista su filo fino y penetrante.

Una veintena de bolitas mostaza impactaron a la calavera mutante, a causa de Wolhnyr, que armado con su látigo pescó al garrafal bicho por su par de patas superiores.

—¡Ahora o nunca! —ordenó Wolhnyr.

Olsen, empuñando su magna espada, pasó de largo del pérfido ser. Este, inmutable, se dio media vuelta y agitó salvajemente a Wolhnyr, obligándolo a soltar su letal arma.

¡Zing!

Una línea neón y parpadeante se dibujó en el cuello de la monstruosidad. Tras segundos, la cabeza se le desligó violentamente, esparciendo un hediondo fluido de la pantagruélica herida. ¡El ataque de Olsen había sido efectivo! Lorelei le propició un último pisotón en el cráneo, despedazándolo por completo.

—¡No perdamos más tiempo! ¡Vámonos ya! —exclamó Wolhnyr dificultosamente— abriendo con las energías que le quedaban un último portal negro, apareciendo por encima de ellos, arrebatándolos del suelo y tragándoselos por segunda ocasión junto con una pequeña amenaza púrpura.

Continuará...

La obra más infame

A pesar de estar aun en sus cimientos, el edificio ya había cobrado la vida de su primera víctima. Lo encontraron la mañana de un lunes, de cabeza, dentro de la máquina que revuelve el cemento. Al cabo de un par de horas, los trabajadores terminaron de picar el bloque de concreto. Se trataba de Sisberto Sepúlveda.

Tras difundirse la noticia de que un exorbitante megaproyecto arquitectónico iba a llevarse a cabo en mitad del desierto, legiones de contratistas fueron llegando de varias partes del mundo a estos inhóspitos parajes. Sisberto ya estaba entre la caravana, cuando apareció volando del otro lado del cañón un helicóptero negro, del cual bajaron seis hombres: Godfrey Rancoux, el jefe de obra; Horacio Álamos, director de recursos humanos; y otros cuatro sujetos, sus escoltas, que no merecen ser nombrados.

Ese mismo día comenzaron con ahínco las labores de construcción, con la promesa de que cada quince los trabajadores podrían regresar a sus hogares con un par de millones sumados a una nueva cuenta de ahorros, y de hecho así fue, hasta pasados dos meses. La flota de la compañía nunca volvió por ellos. Al inicio, los obreros pensaron que seguramente el retraso se debía a algún percance que habían tenido los buses en el trayecto, pero después de tres días de larga espera, y sin haber visto a ningún autobús pasar, decidieron ir a buscar al ingeniero Álamos a su improvisada oficina de planeación. Allí este les respondió con una vocecita nerviosa que tuvieran paciencia, que lo que pasaba era que tenían complicaciones con el departamento de transporte y que, si era propicio, para el próximo mes les pagaría el doble. Así pactaron las cosas, hasta que Sisberto se atrevió a hablar personalmente con el hombre al mando, el arquitecto Rancoux.

Sisberto no fue el único que entro a su oficina, ni el único que apareció muerto misteriosamente días después, pero muchos de estos sucesos poco o nada retrasaban las labores de construcción. Los muertos se les achacaban a infortunados accidentes, y el hambre de dinero no les permitía a los obreros enfocarse en nada más que en la tarea que estuvieran desempeñando al respecto. Así se fueron pasando los meses; los años; hasta que, por fin, un exuberante titán de acero se alzó entre la austeridad del terreno. Semanas antes, un grupo de soldadores trató de escapar en un camión que transportaba láminas de aluminio, y esa misma noche aparecieron sus restos devorados por los chacales. Otros forzaron al señor Álamos a confesar. —Todos van a morir — les contestó— antes de que una dupla de escoltas apareciese detrás de la puerta y los abatieran a plomo.

De aquí en más, los vehículos transportadores de agua, soya y enlatados fueron diezmados considerablemente, y vigilados por un comando armado. Prohibieron a cualquier civil acercarse demasiado al granero o al depósito, cumpliendo un estricto protocolo de supervisión antes de marcharse. Uno de los remolques estaba adecuado exclusivamente para la despensa extrafina de la dirección, quienes no repararon en sus paladares que los alimentos fueran estrictamente racionados.

Del último caso que se tuvo conocimiento fue el de Dionisio Andaluz, que en realidad era poeta, que por dejar de pegar tornillos por distraerse con el amanecer fue derrumbado de la viga más alta por una fuerte brisa matinal. De ahí, ya se había perdido la cuenta de cuántos muertos y desaparecidos iban, puesto que de los millones que habían llegado en un principio, sólo quedaban unos cientos. El patio de grava ya parecía un cementerio indio.

Había llegado el día de pago. Godfrey Rancoux los citó a todos en la azotea del edificio. Se encontraron con un recibimiento de putas de cabaret, las cuales los sedujeron con sus sensuales movimientos de caderas y sus candentes labios voluminosos.

—Señores —dijo Rancoux, brindando con la copa de su ámbar cóctel *Black Feather*— sus innumerables esfuerzos no han sido en vano. Avisten ustedes la maravilla que han creado. ¡El hotel más fabuloso de todo el continente!

Los hombres apenas si habían notado lo que habían construido: un edificio verdaderamente hermoso, de una excelsa envergadura, y aunque todavía estaba sin pintar, ya tenía el porte refinado que poseen los albergues de ultra lujo. Todos pegaron un grito de júbilo.

—Ahora bien —continuó Rancoux— les voy a pedir muy cortésmente que se den la vuelta para que estas señoritas les enseñen una cortesía.

Los trabajadores se ruborizaron. Obedecieron a la petición de su jefe, y se quedaron mirando al horizonte desde la cumbre. Insolente, el grito de Horacio Álamos interrumpió sus pensamientos impúdicos. Las putas los empujaron estoicamente hacia el vacío. Todos quedaron 4descalabrados en el pórtico del edificio.

—¡Bruto! —le gritó Álamos a su jefe— ¡no era necesario matarlos, hombre!

—Mejor no quedar debiéndole nada a nadie —dijo Rancoux haciendo un guiño a uno de sus escoltas, y este fulminantemente le pegó un tiro al ingeniero entre los ojos.

—Bien dicho —dijo la proxeneta, quien había armado a toda su recua de putas de antemano, y repitió el guiño que el arquitecto había acabado de ejecutar. Ni los cuerpos fornidos de cuatro guardaespaldas juntos pudieron impedir que una de las balas le atravesara a este el pecho.

—Gardenia... puta tenías que ser... —fue lo único que se le escuchó balbucear a Rancoux en su breve deceso.

—Y a mucha honra —respondió la proxeneta.

A este nombre, Belén Gardenia Pulido Benavides, quedó el edificio más excéntrico que alguna vez fuera construido en mitad del desierto, aunque ahora más que hotel, era motel, y en vez de colores claros y azulados fue pintado de un rosa intenso, y bautizado bajo el nombre de *PinkDreams*, el cual tuvo una inauguración que nada le envidiaría a las de Las Vegas, aunque hoy día, como en los primeros, es tan sólo un moridero.

La vida simple

No llores más, no llores… la gente jamás te comprendería.

¡No sigas llorando! Miles de jovencitas quisieran ser como tú; blanca, delgada, con una herencia multimillonaria. ¿De qué te quejas? ¿De qué te digan tonta en todas partes? ¡Bahhh! Esas opiniones son una porquería, pues ni el más devoto de los fans te conoce tanto como yo, tu *coach* familiar.

Sé que en realidad querías ser una profesional como la mayoría de chicas de tu edad, pero… ¡¿a quién le importa?! Ya contamos con suficientes doctoras en este mundo; ¡más sólo tenemos a una única tú! La ingenuidad te sienta bien nena. Nadie aspira verte en una oficina haciendo balances, ni mucho menos en la biblioteca leyendo historia prehispánica. Kant no te compartirá deducción alguna. Nunca sospecharás que en tu cuerpo actúan vacuolas, ni conocerás a fondo cuál es el secreto de tu publicidad. ¡No te preocupes! En tu vida no te será necesario saber que era un *"Suchomimus tenerensis"*, qué es el ánodo, o de que vienen los tratados de estética, puesto que naciste fue para aparecer ante nosotros borracha, arrastrando tus boticas de peluche de manera particular al tiempo que te provocas el vómito en un baño público, y déjame decirte que lo haces muy bien, nos gusta en verdad, eres lo máximo en tu tarea cómo icono popular, y nos tienes muy orgullosos a todos los que por ti pondríamos las manos al fuego.

No seas tontita. ¡Deja ya esas lágrimas! Tú no naciste para laborar. ¡Naciste para vivir! Nosotros haremos el trabajo por ti. Los mejores médicos están a tu disposición para esculpir tu cuerpo las veces que desees. Los arquitectos más reconocidos están levantando nuevos hoteles para expandir tu imperio por toda nación. Grupos de administradores dejan constantemente tus ingresos en óptimas condiciones. ¡Y ni qué decir del nuevo automóvil que fue bautizado a tu nombre! Eres libre, ¡vuela! En la Tierra hay muchos rebeldes, filántropos y esclavos, ¡pero en tu universo eres la estrella! No te dejes opacar por sus comentarios y filosofías complejas. Los ignorantes son todo ellos. ¡De cuna tienes dinero! ¡El poder absoluto! La guerra no te tocará jamás, ni el paro, ni el anonimato, ni el hambre; ya que es mejor llevar la vida simple...

—¡¡¡No quiero la vida simple!!! —exclamó ella, interrumpiéndolo con un trastazo en la cara con su pequeño bolsito rosado, saliendo enfurecida del consultorio; pero no como en sus frecuentes pataletas. Esta aptitud era distinta: era determinación.

—¡Si eres tonta es por no seguir mi dictamen! ¡No rechaces tu legado! ¡¿Qué diría tu padre?!... ¡¡¡Óyeme!!!

El *flash* de una cámara instantánea alumbró repetidas veces la menuda silueta de la damita, antes de que su guardia de seguridad intentara tapar con una robusta mano la inquieta lente del paparazzi. Minutos después, esta escena ya estaba publicada en gran cantidad de portadas de revistas faranduleras bajo títulos como "Rubia en apuros", "La loca de la TV", o sencillamente "Te extrañaremos", pero nada cómo el "Por suerte su hermana TODAVÍA NO PIENSA" exhibido en letras rojas por un veraz medio de noticias emergente, el cual asegura, para serenidad de las masas, que aún hay para rato.

El ojo malsano

Definitivamente, ese ojo parecía maldito, con el iris color verde bruma, y la mirada invertida.

A su consultorio lo visitaban constantemente individuos en búsqueda del mismo milagro. Justamente decidió hacerse oftalmólogo para devolverle la luz a esas frustradas almas que habían perdido, muchas veces sin merecerlo, la facultad de mirar el mundo total o parcialmente. Que tan sólo poseían la poca virtud de apreciar destellos fugaces de la realidad, no la realidad misma.

Desde luego, la mayoría de sus pacientes necesitaban con urgencia recobrar la vista para subsistir. Un piloto comercial sufrió un aparatoso accidente de tránsito, perdiendo ambas retinas en el acto. Acababa de ser intervenido en el instante en que ese extraño hombre entró a la sala de espera. Su somnoliento ojo izquierdo le daba una apariencia más que triste, lúgubre.

—Y cuénteme, señor. ¿Desde cuándo padece esa extraña anomalía?

—¡Confieso que estoy cansado de hacerme revisar este ojo de mierda! Usted sería, sin mentirle, el octavo doctor al que le he pagado para que me cure. ¡Ninguno da con esto!

La verdad, nunca había visto un fenómeno semejante. Se trataba de una especie de distrofia, pero la pupila estaba insertada hacia adentro, como un pequeño cristal orgánico, clavando un punzante pico dentro de una zona más allá de mi comprensión; mirando a través de sí, hacia el mismo infierno.

—Puedo leer mi cerebro.

—¿Cómo dice?

—¡Que estoy harto de leer mi cerebro! ¿O usted cree que mirando toda la vida hacia mi interior sólo iba a verme las vísceras?

—Permítame continuar con el examen.

Y era cierto. El doctor quedó estupefacto al ver que los resultados que mostraba la topografía ocular eran ondas de lectura del ojo, al revés. Realmente estaba revelando datos recónditos de la psique de su paciente. Recuerdos tan profundos como los del asesino que mató a sus padres cuando él apenas era un niño, mucho antes de encontrar su vocación de oftalmólogo. Recuerdos que la conciencia bloquea para no permitir el dolor, tan desgarradores que ni el psiquiatra más docto lograría sacar a flote y descifrar en su totalidad.

—¿Ha considerado usted un trasplante total de membrana?

—¡Doctor! Me han dicho que, por la morfología de mi ojo, ¡eso es clínicamente imposible!

—Seguro. Por favor, siéntese en la camilla.

Se dice que se escucharon alaridos desde el interior del quirófano, pero a las enfermeras no se les permitió el acceso. Las cirugías programadas para ese mes fueron canceladas sin explicación. Sólo se sabe que aquel hombre recuperó la visión de su ojo izquierdo, aunque en lugar de viridiano, presenta un tono marrón. El doctor todavía hurga en su memoria, buscando entre manchas de pus y sangre, la nítida imagen del asesino que se esconde tras su foco, dándole siempre la espalda.

Fin de lamentaciones

Cada vez que afirmo ser el hijo de La Llorona nadie me cree. No los juzgo. Si tú me dijeras en este momento que eres pariente del Yeti tampoco me lo tomaría en serio. Por supuesto que no tengo pruebas, como nadie las tiene después de la aparición de un fantasma, pero puedo jurarte por lo más bendito que todo lo que voy a decirte, es cierto.

Sobreviví, para desgracia de muchos cuentistas que se han encargado de darme por muerto durante décadas, sin preocuparse siquiera por mi fatal destino. En realidad, si caí a las turbulentas aguas de un río cuando tan sólo tenía unas horas de nacido. La corriente terminó llevándome hasta un tumulto de desperdicios, en el cual quedé encallado y a la vista de un pobre vagabundo que andaba buscando desperdicios que comer. Era Lulo, mi única familia. Tal vez por eso me llamo Moisés, porque de otro modo no me habría criado en la miseria. Me pregunto si lo que pasó aquella noche puede considerarse un milagro.

A pesar de mi condición precaria, jamás le reproché nada a mi padre putativo, y este tampoco me ocultó detalle alguno de mi escabroso pasado. Cuando de mis labios salió la pregunta que tantos años Lulo había esperado, este no dudó en contestarme —Tu mamá es La Llorona—. Yo le creí, y no lo he dudado desde entonces, puesto que cada vez que pronuncian su jodido nombre, siento ese frío espeluznante que sólo un espectro pudo haber impuesto en mi espíritu. No me fue fácil aceptarlo, y mucho menos cuando es tu sangre la que está acechando niños en la oscuridad, para arrancarles el corazón de un tajo, tratando de encontrar el mío. Sé que te parecerá raro, pero en el fondo disfruto que siga llorando por mí cada segundo de su existencia. Es lo mínimo que ese desgraciado ser merece por intentar abortarme cuando yo no tenía uso de razón, y por haber aniquilado a mi padre y hermanos. ¡¿Por qué se resiste a su descenso al averno?! ¡¿Por qué Satán no la ha hecho arder en la hoguera?! Esta noche voy a ir a su encuentro, te lo prometo.

El hijo de La Llorona bajó a esperarla en la misma orilla en donde fue encontrado sesenta y cinco años atrás, pero no llegó con el arma que un amigo de confianza le ofreció antes de partir. En cambio, visitó la iglesia del pueblo para pedirle al párroco la bendición y un poco de agua bendita, la cual envasó en una botella de refresco de cola. Esperó un rato largo sentado en la grama. Era tanta su ansiedad, que apenas se vino a dar cuenta que la "C" penetra el ojal de la "L" cursiva en el logo de la gaseosa. Intentó pensar en muchas cosas, pero cuando la penumbra le indicó que ya habían pasado las doce, estaba a punto de resignarse. Al momento de levantarse para irse, un grito lastimero lo hizo sentar de nuevo; un grito que lo indujo a sentir otra vez una corriente helada que le erizaba la piel.

—¡¡AY, MÍ HIJO!! —exclamaba incesantemente una voz de ultratumba.

Una vez la vio, no pudo volver a cerrar los ojos en vida. Era tétrica, decadente. Se le veían los huesos entre sus raídas y blancas vestiduras. Cargaba algo así como un bebé muerto (¿él?), y flotaba sobre las aguas. La etérea mujer desaparecía y reaparecía como un relámpago, pero cada vez más cerca, y sin dejar de lamentarse por su supuesta expiración. Moisés no podía moverse. Estaba en shock. Ni sintió la temperatura en su entrepierna. Se había orinado en los pantalones, cual si fuera un chiquillo indefenso esperando a que su mamá lo levantara del suelo. La botella rodó cuesta abajo.

La Llorona se plantó frente a su hijo, y por primera vez en años se le apagó el llanto. Estiró la uña del dedo índice unos treinta centímetros, y con la punta atravesó el pecho del hombre absorto. A este no le dolió, porque se trataba de un filo espectral, y los filos espectrales no hacen nada si el fantasma no quiere.

Al sentir su frío interior, la expresión de su madre cambió de seco. Le retiró abruptamente la garra del corazón, como si hubiera lastimado sin culpa a un ser querido. Sólo hasta entonces, Moisés pudo reponerse del susto.

—Soy tu hijo —le dijo.

La Llorona se quedó pasmada. No pasó nada durante algunos segundos.

—¡Soy tu hijo! —repitió Moisés, más fuerte.

Pero La Llorona no reaccionó. Parecía una imagen estática. A su hijo ya no le dio miedo de ella, y sin vacilar se le acercó aún más.

—¿Qué traes ahí? —le preguntó, halando los harapos que no dejaba de cargar entre sus brazos.

Un feto cayó del trapo. Luego otro. Cadenas de niños sin vida se regaban de este paño maldito, como si se tratara de una placenta humana, y entre plasma y tripas, La Llorona estaba pariendo al sinnúmero de víctimas que se comió sin piedad.

—¡¡AY, MÍ HIJO!! —gritaba el espanto por cada cuerpo que caía al río. El estruendo del agua al recibirlos era horrísono.

—¡¡¡AY, MÍ HIJO!!! —repetía con más rabia, y desapareció lanzándome una mirada que ardía en chispas de fuego.

Sobreviví, aunque hoy en día me doy cuenta de que fui un canalla por haberme matado repetidas veces aquella noche, por haber asesinado a cada una de mis imágenes mentales, a las del yo recién nacido. Ahora mi mamá no llora, sino que pega alaridos de dolor las veinticuatro horas del día, llevando en el viento mi nombre, Moisés… pero sé que ella ya no sufre por mi ausencia. Sólo mi muerte le dará el descanso eterno.

Calidad superior

Cruzando por la carretera se oyó un *¡Beep, Beep!*, hasta que una dinamita marca *EMCA* lo voló en pedacitos.

Coyote

(-Expansión-)

Plumas de una tonalidad azulada zigzaguearon aleatoriamente sobre el erosionado ambiente del desierto, al ritmo que el deleite de venganza del coyote se iba difuminando poco a poco.

Quince años de batalla. Múltiples planes fallidos. Esto únicamente para lograr probar una pata carbonizada. Su herencia fue derrochada en un acto vil y despreciable; habría preferido pedir un domicilio.

Meses de luz

El esquimal regresaba lentamente al iglú con los arpones limpios y su bolsa vacía. Otra agotadora jornada sin un sólo gramo de grasa de morsa; todo por ese detestable sol de medianoche.

667

Pezuñas subiendo y bajando escalones. Bacanales que se llevan de la tarde hasta el ocaso. *Heavy Metal* durísimo. Alaridos de pena y pánico a la hora de la cena, y encima la azufrosa plasta de estiércol de su maldingo perro en la entrada de mi departamento. ¡¿Tengo que soportar todo esto por el hecho de verme obligado a residir en el piso más económico?! ¡¡Dios!!... acostumbrarse a ser el vecino de la bestia será más difícil de lo que me suponía.

Vigilia

Considerando el plato del día como una antigua tradición pagana, Acuamán se encogió de hombros. Pronto cumpliría otro año más de soportar esta larga y extenuante semana de sacrificado ayuno.

McDonalización

Librada la McDonalización del mundo, al señor R. le fue impuesto el castigo más ridiculizante que en absoluto alguien había recibido en la historia: ser obligado a vestir por el resto de sus días su ahora característico disfraz de payaso.

Akbutiletimador

Fatuo desacierto que a ese niño prodigio lo tomaran por loco. En verdad, era el mejor akbutiletimador de la vía láctea.

Regaño genesiano

¡Sí que aprenden rápido estos hombres! Yo apenas hace una semana que ando creando vida, ¡y ustedes ya con un muerto encima! ¡Qué barbaridad! ¡Ya hasta se les dará por quitársela!

Armstrong 3

Infortunadamente para él, la fama universal de su apellido ya no hace referencia al primer hombre que pisó la luna, sino a un contrarrelojista emprendedor que lanzó la revolucionaria campaña de las manillas amarillas.

Bienvenidos a la Base Groak

(Otro-Man series / Episodio #5)

El portal se abrió lentamente, esta vez en tierra firme. Wolhnyr fue el primero en salir, bloqueando con su manto el paso de sus compañeros.

—Ya, ¿qué te pasa? —preguntó Lorelei desconcertada.

—Shhh… soldados de Groak —susurró Wolhnyr en la oscuridad, poniendo un dedo sobre sus labios.

—¿De Groak? —cuestionó Olsen, consciente de que poco o nada sabía al respecto.

W— luego te lo explicaré con más calma.

O— ¡no pienso esperar más! ¡Díganme qué pasa ahora mismo!

L — Wolh, tiene derecho a saber a qué nos enfrentamos.

W— *Suspiro*

O— ¿quiénes son ustedes? ¿Quién soy? ¿Qué me está pasando? ¡Díganmelo!

Olsen se presionaba la comisura de los ojos entre las sombras. Las facciones de Lorelei eran apenas distinguibles, viéndose triste y preocupada. Wolhnyr se le acercó con determinación y lo levantó por los hombros, estrujándolo con rudeza.

W— ¡Está bien, te contaré! ¡Pero deja de lloriquear! Tu padre estaría muy defraudado.

O— ¿Mi padre? ¡¿CONOCES A MI PADRE?!

—… Tu padre… —apenas logró decir Lorelei.

—Fue asesinado —remató Wolhnyr estoicamente.

O— … ¿Asesinado?

W— Así es.

L— Wolhnyr, no deberías...

O— ¡¿Mi padre fue asesinado?!

W— Lo siento.

O— Ustedes... ¡¿Qué tienen que ver en esto?!

—Shhh...— volvió a hacer Wolhnyr, tapándole la boca. Un par de soldados se acercaban.

—Luego te explicaré todo, lo prometo— dijo Lorelei en un tono apenas audible.

—Shhhh... —insistió Wolhnyr, escuchando un inusual sonido, pero no proveniente de afuera, sino desde adentro. Algo como que volaba.

—No... —dijo Wolhnyr, paralizado, casi asfixiando a Olsen, el cual hizo el esfuerzo de liberarse de su mano.

—¿Qué… te pasa? Idio… ta —dijo Olsen entre jadeos, tratando de controlar la respiración.

Wolhnyr arrojó con gran destreza una diminuta bolita blanca. Al contacto con el piso, un haz de luz cruzó de largo el portal, apartando las tinieblas y evidenciando una extraña sabandija alada, de un morado cuerpo esférico atravesado por una mandíbula dentada y corrosiva.

—¡Hey, hey! —gritaron un par de seres altos y delgados merodeando desde el otro lado del portal, apuntándoles con sus bruñidas metralletas—. Ambos estaban enmascarados, vestidos con un uniforme niquelado con tinto que los cubría por completo y, además, un gran cinturón les cruzaba de lado a lado, cargado con las municiones necesarias para cualquier mercenario.

—¡Arghht...! —gritó uno de los guardias cuando la criatura, en un batir de alas, se aferró velozmente a su rostro, mordiéndole la cabeza. El otro, horrorizado, descargó toda su metralla en el cuerpo de la alimaña, hasta que su arma se descargó dispersando un humo de pólvora.

—¡Ahhh, ahhh! —exclamó el centinela al ver cómo tal aberración entraba por la carne de su difunto compañero y, en cuestión de segundos, le hacía abrir los ojos, sus ojos, rojizos y penetrantes. El cuerpo se encorvó, levantándose de abajo hacia arriba sin flexionar las piernas, de una manera inverosímil para cualquier ser viviente. El guardia salió huyendo despavorido.

—¡No escaparás! —gritó Lorelei corriendo en su traje de colegial y, haciendo uso de sus largas piernas, logró aplicarle al desertor una fuerte patada en las costillas, tumbándolo inconsciente.

—Ahora vas tú, espectro infernal —repuso Wolhnyr asiendo su desproporcionado látigo.

La criatura, al sentirse amenazada, expulsó una pegajosa sustancia por la boca del poseído cuerpo, cubriendo las extremidades de Wolhnyr y Lorelei por completo. Olsen sólo fue impactado en su pierna derecha.

—¡Aggght, maldición! —gritó exaltado Wolhnyr.

—¡No puedo liberarme! —chillaba Lorelei, luchando por salir de aquel asqueroso fluido.

¡Swang!

Lorelei dio un pequeño gritico al notar que Olsen, armado nuevamente con la magna espada, cortaba con firmeza la fibrosa sustancia que la cubría. Luego hizo lo mismo con Wolhnyr, soltándolos a ambos.

—Gracias, amigo —dijo Wolhnyr, sacudiendo su mano para intentar limpiarla un poco.

—Miren en donde estamos —dijo Lorelei.

Cajas, máquinas y grandes botes metálicos estaban reunidos en aquel lugar, marcados con el logotipo de Groak. Sin duda se encontraban en una de las bodegas de su guarida subterránea.

—¡Wolhnyr, eres un sabio! —exclamó Lorelei abrazando a su compañero, el cual se sonrojó en un santiamén.

—Jeje, sí —dijo Wolhnyr rascándose la cabeza.

—Sí, claro —repuso Olsen en voz baja.

Lorelei exploró cuidadosamente el lugar, encontrando al otro lado una puerta de seguridad con un teclado incrustado en su superficie.

—*Acceso denegado* —respondió la robótica voz de la puerta al primer intento que efectuó Lorelei de teclear algo.

—¡Juhmm! Necesitaremos un código —dijo Olsen algo decepcionado.

—¡No se preocupen! Nada es inviable para una chica —dijo Lorelei confiada. Sus dos amigos se sentaron a esperar.

—*Acceso denegado* —volvió a responder la voz.

—¡Jeje! ¡No es nada! —dijo Lorelei con una alegre vocecita.

—*Acceso denegado*

—*Acceso denegado*

—Jeje... —la risita de Lorelei se fue difuminando—. Una pequeña vena se brotó en su frente.

—*Acceso denegado*

—¡Maldita sea! ¡¡RESPONDE, PEDAZO DE CHATARRA!! —se quejó Lorelei haciéndole un combo de patadas a la puerta, hundiendo su material en cada golpe.

—¡¿QUÉ ESTÁN ESPERANDO, PAR DE HOLGAZANES?! —gritó la chica a sus alelados compañeros.

—¡Relájate, Lore! ¡Te ayudaremos! —dijo Wolhnyr sin soportar la risa.

—¡No me llames Lore! —exclamó Lorelei en su enfado.

Pronto, los tres lograron derribar la puerta. Para su sorpresa, una legión de guardias los tenía rodeados del otro lado. Pausados aplausos sonaron desde el centro del grupo. Un pequeño sujeto dio un paso adelante.

—¡Bravo, bravo...! Sean todos bienvenidos a la base Groak. ¡Mí base! —dijo sarcásticamente su diminuto líder—. Con levantar un dedo, dio a sus reclutas la señal de abrir fuego.

Continuará...

Propaganda vetada

Reunidos bajo el eclipse de luna, los indios hicieron una gran fogata, dando inicio a la realización del antiguo ritual de las cabezas reducidas, extrayendo con suma cautela el cerebro de las víctimas aborígenes con una fina herramienta sagrada. Desastrosamente, al evocar los poderes espirituales del ancestral tótem, la llamarada se les salió de las manos, quemando todo el cacao de la tribu, el cual cayó por accidente sobre los campos de trigo y, ¡poff!, se hizo CHOCOCHOCLO.

Armstrong 4

Desde mi iniciación como aventurero, pensé que el límite del espacio-tiempo consistía en la exploración de las blancas y polvorientas dunas Venusinas, pero esas conquistas no se comparan con el éxtasis que me hiciste sentir al cederme el toque de tu extensa y virginal superficie lunar bajo las sábanas.

Maña evasiva

Y todavía ríe la hiena, sin atreverse a responder si entendió o no el chiste.

Presente electrónico

El abuelo deambulaba al anochecer entre las apresuradas calles del centro, desorientado, mirando las lucecitas de neón que se intermitían entre el pesado ambiente de la metrópolis, tomándose la cabeza y sin dejar de pensar en el novedoso presente que lo tenía abrumado desde hacía ya muchos años, hasta el día en que, por fin, tuvo el gozo de ver las resecas manos de su mujer estrenando una lavadora de alta gama.

Armstrong 5

Después de más de cuatro décadas de experimentación exhaustiva y quinientos mil billones de dólares invertidos, la última innovación de la agencia aeroespacial se preparaba para partir hacia El Planeta Rojo; una nave del tamaño de un portaaviones integrada con un sembrado de hortalizas biológicamente avanzado, capaz de germinar en terrenos tan áridos como… mhmm, digamos… Somalia.

El David

Miguel Ángel esculpió su firma. Medusa petrificó al muchacho.

Fortuna oral

Impresionante era la forma en que los dientes de Ramiro se desprendían uno a uno de sus encías. No alcanzó a gritar; la sensación que tenía en la boca fue suficiente para despertarlo.

Tanto soñaba, que su "Diccionario Onírico" estaba puesto sobre la mesita de noche, llamándolo, pero antes de incorporarse para encontrar el significado de tal escalofriante imagen, notó que algo muy duro estaba oculto bajo su almohada: treinta y dos monedas de oro cubiertas de su propia sangre.

Poltergeist en *Hell Street*

Las cuchillas bajaron lentamente por la cintura de la niña, cortando a su paso su largo vestido blanco y sus delicadas carnes; nada parecía poder intervenir entre la virgen y el monstruo, hasta que una figura femenina derribó a coces la puerta.

—¡Perra! —gritó Krueger furibundo. Era la octava vez que esa entrometida chica de acción volvía pedazos sus más dulces pesadillas.

Égida de cristal

Armado y bendecido por los dioses, Perseo entró valerosamente a la tenebrosa morada de la criatura, agudizando sus sentidos en el sigilo de esta cacería mortal. Al momento de escuchar el temible siseo de las serpientes, desenfundó la espada y miró la superficie de su escudo, el cual mostró el reflejó del rostro de Medusa que, por algún efecto caleidoscópico, se multiplicó por miles.

Relax

La mañana del domingo marchaba del mismo modo que todas las anteriores. Una mascarilla de barro previamente reposada estaba siendo aplicada circularmente en su rostro. Su cabello se fundía en una solución de aguacate y huevo acabada de sacar del refrigerador, al igual que las rodajas de pepino que se disponían a cubrir sus ojos. A ella le encantaba jugar a hacer figuritas con la poca luz que le llegaba a los parpados, y con las canciones que emitía su reproductor de discos compactos se inspiraba para crear sus propias abstracciones, consiguiendo despegarse de este plano por unos instantes. Suspiró aliviada, sin percatarse de que la música sonaba algo diferente, como más fuerte, pero no le prestó atención a este pequeño detalle y volvió a sumergirse en sus fantasías.

No supo cuánto tiempo pasó desde que entró en trance. Quizá una hora; quizá más. La chica mermó el volumen y estiró su brazo derecho para alcanzar una toallita facial de la repisa; no la rozó. Ya no estaba allí, ni sus muebles, ni nada de valor.

Ganancia x2

La última novela del fenomenal *best seller* lo tentaba del otro lado de la vitrina, en la cual se reflejaron cinco chicos metrosexuales que salían muy contentos del local de al lado. El hombre los reparó a todos de arriba abajo. Miró con desprecio sus bolsas de ropa nueva y, volteando la cara de una manera insensata, les echó una especie de mal de ojo.

—¡Ah! Botando ahí la plata —dijo el bibliófilo en un tonito subido. Los adolescentes no parecieron escucharle y pasaron de largo.

Cuando el reloj marca las nueve, el administrador cierra su par de negocios y se va.

Mirada rosa

La enfermedad de mi Gorgona me ha permitido verla por primera vez a los ojos. ¿Qué si me pegó la conjuntivitis?; qué más da.

Imamián

Imamiah, delicado arcángel, has dejado podrir lo bello en ti. Sucumbiste al purgatorio sin darte cuenta. ¡Los gules se deleitan contigo en una mórbida saturnal antropófaga! Ahora tu nombre será Imamián, el demonio lascivo del octavo círculo. Tu imponencia no cambió demasiado, pero tu cuerpo áurico parece ser una concepción de Zhoq-Nuyuggith y Yag-Sothep: trece brazos largos y peludos brotan de tu cerebro expuesto, el cual está atravesado por innumerables colmillos recubiertos con purulento almizcle. Tu tronco es hinchado, deforme, y quien te vea, sentirá tal vergüenza que perderá la cordura. La peor penitencia, Imamián, no será esa; será volver al cielo después de haber sido el pecado, y volar con tus congéneres, mientras que tus alas se destrozan al rozar el sol.

Deseo imposible

Medusa aspiró ser una *femme fatale* de películas de horror, y prometía convertirse en una cotizada actriz, si tan sólo no dejara petrificado al público en sus asientos.

El otro final de Gulliver[3]

… allí va la última carabela cargada de salsa tabasco hacia el puerto de los minúsculos, destinada a terminar el aderezo para el ser humano cautivo. Una vez concluida esta titánica labor, darían arranque al mayor banquete que la gente del pueblo hubiese presenciado desde las fundaciones.

Y comieron felices para siempre.

FIN

Infravisión. Sign

(Supravisión. Inc 2)

Se despertó haciendo gárgaras.

El estridente sonido de la alarma del reloj volvió a propagarse por toda su habitación, exactamente a las 5:30 AM. El agua no había dejado de chorrear del lavamanos

---

[3] Personaje célebre de Jonathan Swift, escritor satírico irlandés.

desde la mañana anterior, en la que quedó inconsciente por un extraño suceso en el baño de su casa. No podía recordar, ni siquiera las cosas más básicas. El porqué de amanecer mojado y con los puños sangrantes ya eran preguntas demasiado complicadas para él.

Los primeros minutos de este lapso sin nombre los pasó tratando de analizar su entorno. Aunque había un sanitario, una ducha, un espejo (que el mismo quebró), y uno que otro elemento típico de un cuarto de baño, no pudo interpretar en qué lugar se encontraba. Tampoco caía en cuenta de que aquel espacio lo había frecuentado diariamente desde que compró su vivienda. Esto era de esperarse, a sabiendas que ahora le era imposible comparar el color, el olor, y hasta la textura de sus propias pertenencias, a las que tomaba por desconocidas.

—¡¡¡¿Ahora qué?!!! —pretendió gritar exasperado, pero no pudo entenderse sus palabras. Una irreconocible sensación le recorrió cada nervio de su anatomía al sospechar la gravedad de aquel contexto.

Era pánico lo que su interior le indicaba, negado a desencriptar el mensaje. Estaba incomunicado no sólo con lo ajeno a él, sino también con él mismo. Al recostarse contra la puerta, esta no estaba cerrada. Reptó con dificultad hasta la sala, con los sentidos confundidos; su cerebro tampoco podía comprender del todo la orden de caminar.

Era martes, y sería fácil saber por qué. Un calendario podría indicarle la fecha exacta, o el noticiero, o el relojito que todavía pitaba, o por qué no, algún vecino de confianza, pero cualquiera de estos medios le resultó ineficaz. Cuando intentó leer el primero, sus ojos apenas percibieron tinta sobre papel, sin vislumbrar lo que expresaban las figuritas que aparecían grabadas en la superficie. En el segundo, no hiló palabra de lo que esos exóticos personajes farfullaban en la tele, considerando al artilugio como absurdo y locuaz. El tercero, ni lo entendió; ¿qué relación había entre el día de hoy y un aparatito que suena? Del cuarto, ni hablar, puesto que no tenía ni la menor idea de que la "posada" de otro ser humano lindara con su ubicación.

—¡Lwhyxjhtrhptz! ¡Bgyñtoqrt! —voceó tratando de expresarse, apenas logrando escuchar sonidos guturales. El sentimiento estremecedor se le subió palpitando a la cabeza, tornándosele en ira.

-¡¡¡¡¡Rnkeqpthjkyt!!!!! —prorrumpió en la paranoia del no-significado.

Los lastimados puños del hombre volvieron a estrellarse repetidas veces en la marmólea baldosa, aunque el llamativo rojo de la sangre que manaba a chorros no lograba advertirlo. Para él, lo heterogéneo ya era demasiado parecido, indescifrable: el dolor, el odio, el amor, la fantasía, la realidad, el letargo…

Capítulo extraviado: Crimen

Recorría ágil su cuerpo. El cálido toque se abrió paso entre sus labios. Acariciaba lentamente sus voluptuosos pechos. Palpaba tímidamente su espalda. Se precipitó lánguida por sus piernas, terminando por deslizarse escaleras abajo, tiñendo la alfombra beige por escarlata. La sangre saltó por los muros, obras y demás formas que permanecían inmóviles en la oscuridad de la casa. También sobre el nítido metal de unas tijeras que proyectaban un rayo de luz de luna, proveniente de la puerta desajustada, por la que el Dr. saldría horas después, rumbo a la…

Capítulo extra: Criogénesis

—Entonces si reducimos la peptona en un punto cero ocho por millón, y le introducimos otra dosis de ácido pirúvico a la mitocondria…

—Exacto —respondió Kliment Ushakova a uno de los eminentes integrantes de la disertación científica que él estaba dirigiendo, como principal exponente de la cátedra en biotecnología de la Universidad de Krasnodar.

Quedaron boquiabiertos. El arriesgado experimento estaba dando resultados, con la modificación orgánica del ciclo de Krebs, y la exitosa respuesta del retrovirus insertado en cada uno de los catorce voluntarios que se ofrecieron, a cambio de una cuantiosa suma de dinero, a ser alterados genéticamente.

"Endemias cero"; ese fue el lema de *Hyperva Corp.*, ahora con sedes en Europa y Norteamérica, al exponer su desarrollo ante los medios de comunicación. Por supuesto, nada más alejado de la realidad. El poderoso GEN001 jamás llegó a las poblaciones más necesitadas. Su manipulación quedó relegada a unos cuantos laboratorios de élite financiados por entidades privadas y militares.

Aislados de la sociedad, los individuos expuestos al GEN001 acrecentaron exponencialmente su capacidad metabólica, a tal punto, que al cabo de unas pocas semanas sólo necesitaban alimentarse una vez cada ciento diez horas, sin demostrar la perdida de ningún nutriente esencial en sus organismos. La criogenia sistemática del ADN permitiría nulificar los genes mutados de las personas, y permitir que sólo los dominantes adquieran características superiores a las normales, creando así una raza de hiperhombres, inmunes a las inclemencias de la mortalidad.

La conquista del cosmos nunca estuvo tan cercana. La galaxia es tan sólo un desafío menor para una comunidad capaz de contrarrestar cualquier circunstancia a voluntad. Plantas y animales con cualidades potenciadas también se preparaban para esta época de artificios.

—¿Sabes qué significa esto? —preguntó el doctor Ushakova al profesor Vadim Plotnikov, enseñándole la rata de resultados.

—Si en realidad existe un dios, hoy lo hemos superado — contestó él, retomando una delgada sonrisa.

—Espera a ver esto —repuso Kliment al reproducir un video en su portátil.

—¿Y esa radiografía?, ¿acaso...? —preguntó su compañero, ansioso.

—¡Sí! ¡Es el eslabón perdido! ¡El ser humano original! Mi pequeña Lisha... —dijo el doctor Ushakova, con una expresión que hizo vacilar a Vadim al borde del escritorio.

—¡¿Estás demente?! ¡¿Experimentaste con los genes de tu hija?! — exclamó Plotnikov.

—No es así —repuso el doctor Ushakova— la modificación la hice desde que...

—¡¡¡¿Desde qué?!!! —gritó Vadim consternado, agarrando a Klim con fuerza. Ushakova apartó la computadora con su brazo libre. El jalón rajó la manga de su bata con un sonido crepitante.

—Mi esposa, Czessira... ya no es del todo humana... — respondió pausadamente Kliment, siendo interrumpido por un puñetazo en el estómago que lo hizo doblar en cuclillas.

Capítulo especulativo: Operación Volvox

— ¿Alguna vez lo creíste posible, padre?

Por supuesto. A mi parecer, no hay organismo lo suficientemente complejo para no ser manipulado por la ciencia— respondió el doctor Plotnikov a su hijo Pavel, por medio del comunicador incorporado en su *CelBot*, el cual lo mantenía en contacto con cada miembro de la flotilla.

Modificado su ADN, Vadim Plotnikov había conseguido vivir 155 años al servicio de la medicina. Desde aquel remoto día en que la patentó, la técnica había evolucionado muchísimo junto a él. Ahora era su primogénito quién, después de haber seguido sus pasos en la investigación biológica, lo acompañaba una vez más en el adelanto de una nueva vacuna.

—¡Ya casi estamos dentro! —gritó Pavel al resto de expertos, con los que cruzaba lentamente el espeso citoplasma de una célula cancerosa.

Era sorprendente. Poder observar en el horizonte un agigantado retículo endoplasmático, dejaba a los científicos sin aliento. Los *CelBots* se abrían paso cortando con sus diminutas pinzas las membranas que componen el sistema interno de la célula, arrimándose poco a poco al núcleo. A diferencia del colorido y grácil panorama de una célula saludable, el de una cancerosa era lavanda opaco, amorfo y peligrosamente cambiante.

—Ve preparando la inyección número uno —le indicó el doctor Vadim a su hijo—. Este no contestó. En seguida, el programa detectó que una de las unidades estaba perdiendo su rumbo. El *CelBot* de Pavel había quedado atascado entre paredes de microtúbulos, constriñéndolo agresivamente y sin control. A comparación de la minúscula nave, los pequeños tentáculos parecían postes de gelatina.

—¡¡No puedo liberarme!! —gritó Pavel exasperado. Aunque había aprobado el examen para poder desempeñarse en una operación volvox, su vulnerabilidad era la cleitrofobia.

—¡Paciencia Plotnikov! —exclamó el doctor del *CelBot* número cuatro, dirigiéndose a toda velocidad a auxiliarlo junto con otro par de unidades—. Pavel estaba demasiado lejos de las coordenadas, y sólo podía confiar en que sus compañeros actuaran rápido en su rescate.

—¡¡¡No puedo lidiar con esto!!! —gritó Pavel abatido—. El trabajo de crear una sola dosis de anticuerpos les había tomado trece meses, y él estaba a punto de perderla.

-¡¡¡Pavel!!

Una nanoexplosión se llevó a cabo en el interior de la célula. Todas las unidades desaparecieron. La misión fue abortada.

Vadim se retiró abruptamente el visor 6D de la cara. A su lado, vio el escuálido rostro de su hijo empapado en sudor. Los demás doctores proyectaban una expresión desesperanzadora en sus ceños.

—La fecha del descubrimiento será otra, más no otros sus artífices —dijo el doctor Plotnikov en voz baja, como en un juramento para sí mismo.

Con estas palabras, sólo la respiración de Pavel rompía el mutismo en la sala.

La Banana Mecánica

(Otro-Man series / Episodio #6)

¡¡TrATrAtRaTrAtRa!!

La metralla de cada uno de los rifles fue descargada directo hacia Olsen, aproximándose a su anatomía a la velocidad del sonido, pero aún más rápida fue la reacción de Wolhnyr quién, a costa de su propia vida, se interpuso al frente de su desprevenido amigo. Las balas láser perforaron el largo y oscuro manto. Sus ojos se abrieron de manera exorbitante a la vez que profirió un desgarrador alarido de dolor.

—¡Wolhnyr! —gritó Olsen en shock al ver como el bisoño mago caía estrepitosamente contra el suelo— ¡¡¡Wolhnyyyyyyyr!!!

Lorelei se quedó con la mirada fija en Groak, plantado impasible detrás de una horda de soldados que le custodiaban. —Maldito gusano... —dejo salir entre dientes, apretando con violencia sus puños—. Un par de lágrimas titilaron fugazmente por sus mejillas.

—Lorelei... —dijo Olsen sorprendido, evidenciando que ella estaba resplandeciendo.

—¡¡¡Maldito gusano!!! —gritó la chica en un ataque de cólera. Del fulgor que emanaba de sus manos, se transmutaron un par de compactas y poderosas tonfas, ¡de geondarita pura!

—¡Dispárenle a la mujer! ¡Disparen! —ordenó Groak a su tropa, confiado de que, por su atrevimiento, sería eliminada. Para su asombro, los láseres no podían alcanzarle. ¡Era demasiado veloz! La chica tenía tal aceleración que en fracción de segundos ya estaba totalmente de cara a los soldados que, a esa corta distancia, no podían evitar ser arrasados por la ofensiva de demoledoras combinaciones que Lorelei sabía aplicar con sus tonfas de combate.

—¡Ughhhhht!—. ¡Los patrulleros caían derrotados de tropel en tropel!

—¡Elimínenla, elimínenla! —ordenaba frenéticamente Groak, asustado por la reacción de la encarnizada mujer. ¡Estaba perdiendo demasiados guardias!

—¡Ahhaaaaaaaa!

Exhalando irregularmente, Groak sacó del bolsillo de su bata un pequeño dispositivo. Sólo estaba presto a activarlo en una situación de emergencia como esta. Sonrió.

La base entera empezó a temblar. Una compuerta de gran tamaño, camuflada al otro lado del recinto, se abrió de golpe, dejando a la vista un enorme y reluciente robot asesino. Era alargado, como un bastión de oro (¡parecía una banana mecánica!), y portaba todo tipo de armas de fuego; el mayor de los secretos de la Base Groak.

—¡Wolhnyr! —exclamó Olsen al percibir que su amigo aún mostraba signos vitales.

—O... Olsen... la esfera a... zul... —dijo Wolhnyr tartamudeante, señalando uno de los compartimentos de su sotana negra.

—Esfera azul... —replicó Olsen, escudriñando entre un sinfín de bolitas multicolor. ¿Cómo hacia Wolhnyr para extraer las correctas a la hora de combatir? Si bien no era de un rango más elevado, sin duda era un hechicero bastante diestro.

—¡Ajá! —dijo Olsen al hallar la bolita que Wolhnyr le había pedido. Se la ofreció—. ¡Oh, no! ¡La vibración la hizo resbalar!

Olsen persiguió ávidamente a la esfera azul, pero esta rodó hasta rasar el pequeño zapato de Groak, quien le apuntó con su exagerada GRO-AK98 directo al pecho.

—¿Quieres la bolita, uh? ¿Dime qué es? —lo interrogó Groak con un tonito burlón.

—Bastardo... —maldijo Olsen.

—¡No, no! —dijo Groak dándole un cachazo en la coronilla— ¡Yo soy de respeto, papanatas!

—¡Basta! —gritó Lorelei, ocupada con unos tantos oponentes restantes.

¡Swang!

—¡¿Qué fue eso?! —se dijo turbado Groak al notar que Wolhnyr, desde una considerable distancia, ¡le había arrebatado la bolita azul por telekinesis!

Wolhnyr la tragó, y se pudo advertir que su cuerpo se iba regenerando presurosamente; también que se estaba volviendo más fuerte.

Exasperado, Groak activó nuevamente su dispositivo. Hizo que el robot se acercara por sí sólo hacia él, dejando que lo absorbiera sutilmente en su interior.

Continuará…

Vestigios de humanidad

[Las obras presentadas a continuación también son 100% ficción. Cualquier parecido con la realidad es pura coincidencia.]

Puñalada marranera

"El cerdo, porque tiene pezuñas, y aunque las tiene partidas en dos, no es rumiante. Deben considerarlo un animal impuro. No deben comer la carne de estos animales, y ni siquiera tocar su cadáver."

Levítico 11, 7-8

—Vea, mijo. Tiene que intentar clavarle el cuchillo al marrano en todo el corazón —le decía don Anselmo a su hijo menor, Yoldan, en una improvisada clase al aire libre de cómo matar a un puerco.

Ya la víspera de año nuevo estaba por culminar. Faltaban tan sólo un par de horas pa´las doce. La gente del barrio estaba que no daba más en una comilona bailable, preparada por ellos mismos, desde las cuatro de la tarde, bueno, casi toda la gente, puesto que nunca falta el viejito malgeniado que llama a la policía por tanta bulla, o la jovencita *punk* que se queja de la Salsa, el Reggaeton y la Guasca[4] que se pone parejo en toda fiesta popular decembrina, y claro, es peor que esta jovencita sea justamente la hija del anfitrión; me refiero a Priscila por supuesto, la hermana de Yoldan. Bastante aguafiestas, por cierto. Es de esas naturistas que no dejan matar ni a una mosca. Estaba encerrada en su habitación, llorando por el porcino que su papá estaba a punto de asesinar en la calle. Lástima que, tres meses más tarde, fuera ella a la que encontraran sin vida en un baño de la facultad de ciencias, con las muñecas abiertas.

Una cuadra completa se encontraba cerrada con carros y ladrillos. La música, con el volumen a tope, rebotando en la hojalata de las ollas más grandes de cada casa, que se teñían de hollín en mera acera sobre tablas abrasadas por el fuego. Sancochadas, mondongadas, frijoladas, populares clases de caldos y sus variantes, hervían al son de la parranda, expeliendo un aroma a ceniza que se te queda impregnado a la piel mientras bailas en la humareda. Los primeros

---

[4] Género musical antioqueño, popular en diciembre, en el cual se tiende a jugar con las letras de las canciones para crear un efecto de doble sentido.

borrachitos, a falta de plata pal` aguardiente o ron, se embriagaban rápidamente con unos cuantos tragos de "chirrinchi" adulterado, el cual les trae como efectos secundarios ceguera parcial o total, vómito agudo, y hablada de mierda por el resto de tiempo que permanezcan despiertos.

¡Wiiiiiiiiiiieeeik!

El chillido del cerdo al ser apuñalado por don Anselmo alarmó a todos los participantes de esta "marranada bailable". ¡Eran estruendosos! Gemidos de dolor del pobre animalito que permanecieron por mucho más de cinco minutos. Priscila se tapó la cabeza con la almohada, estallando en llanto.

—¡Tranquilo, mijo! No se asuste, que al cochino este no le duele nada. Hay que meterle esta zanahoria por la cortada pa` no echar a perder la sangre de la morcilla —explicó el señor Anselmo, agitado, después de haber forcejeado con el animal hasta dejarlo bien muerto.

—¿Y cómo hacen la morcilla? —preguntó Yoldan.

—Vaya vea a la negra Agripina —respondió su padre, señalándole el puesto dónde las mujeres destajaban las tripas, les lavaban la mierda y las rellenaban con arroz y sangre, para luego meterlas a la paila.

¡Ah, no! Ahí viene Ciro, el mayor de los hijos de Anselmo, cargado de pólvora de todo tipo; tacos, papeletas, silbadores, voladores, cebollas y un resto de cohetes de esos grandes. —¡Hasta que no te volés un dedo, no vas a quedar contento, mariconcito! —le grité, pero al parecer no le importó demasiado—. Ya se nos tiró la rumba. ¿No se da cuenta que también hay niños?

—¡¿A quién le dijiste mariconcito?! —me gritó bravo Anselmo a mí, su colega más cercano.

—¡Al puto de tu hijo! —le grité igual con ira, y con muchos tragos en la cabeza. Los abrazos de "feliz año" empezaron a repartirse.

Anselmo, un hombre de casi ciento cincuenta kilos, se me vino hasta la silla y me tumbó, recibiéndome en el piso con una sarta de puños que me hicieron perder transitoriamente la conciencia. El espacio se me tornó un remolino de gritos, sombras y algarabía, entremezclados con un hedor a chicharrón quemado. Ya no veía, ni sentía los nudillos de mi ex-amigo colisionando en mi rostro; espontáneamente, desenvainé el machete y se lo enterré de lleno en la panza. Mis ojos desorbitados lograron distinguir su expresión de horror al caer agonizante al lado mío, y a la reacción que el aterrorizado de Yoldan tomó, al enterrarle a su padre, una zanahoria en la herida para que no se desangrara.

Aprendiendo a montar

El pequeño Juanfer era llevado a rastras por su padre al interior del garaje donde, al prender las luces, apareció una fabulosa bicicleta ornamentada con un encrespado listón esmeralda.

—¡Yo no le pedí al Niño Dios una biciiii! —lloriqueaba el niño.

—¡Deja de quejarte, que ya tienes muchos carritos! —respondió el papá.

Una vez afuera, y con un kit de rodilleras y coderas en la mano para darle confianza, se encontraba el señor Callejas, malhumorado, persiguiendo a Juanfer por media calle, hasta que una transeúnte se lo detuvo; agradeció el gesto. Sin perder más el tiempo lo cargó, poniéndolo sobre el frío sillín de la reluciente bici.

—¡¡Papiii, yo no quierooo!! —gritaba su hijo.

—¡Descuida! ¡Mira cómo todos lo hacen! —repuso el cansado padre.

Un grupo de niños pasó velozmente por el lado de Juan Fernando, sacando la lengua o estirándose un ojo, mientras hacían piruetas en la acera montando sus demoníacas máquinas de dos ruedas, armatostes que parecían habérseles fusionado con el cuerpo. Abominaciones de metal y huesos.

El niño, temblando de miedo, fue llevado poco a poco por el señor Callejas, quién lo sostenía de atrás para que no perdiera el equilibrio. Fue entonces cuando una sonrisa brotó de los labios de Juanfer, seguro de que allí estaría él para protegerlo y amarlo, y que juntos nada malo habría de sucederle, y que no tendría nada que temer, hasta que lo soltó.

Los cusumbos solos

Los cusumbos solos *(Nauseua Procyonidae)* son muy diferentes al resto de las especies animales, y es por esto que el biólogo ruso Kliment Ushakova los bautizó así; no trabajan bien como sociedad, y tampoco encajan en ella. No se sabe a ciencia cierta cuándo una cría de cusumbo se vuelve un cusumbo solo, ni a qué edad, pero tras unos diecinueve años de estudios, el científico ya mencionado corroboró que todos son una mezcla homogénea entre trauma, rebeldía e imaginación.

Los cansados ojos de los cusumbos solos tienen la peculiaridad de percibir al mundo como a través de un espejo, y casi nunca se sienten amenazados por los peligros y necesidades cotidianas que acontecen en la selva de concreto; sólo gustan de sopesar lo que miran y sienten. Sus verdaderos enemigos son invisibles, los depredadores mentales, los cuáles se alimentan de sus tortuosos recuerdos; entre más tristes sean estos, más feroces se vuelven. La naturaleza no dotó a los cusumbos solos con poderosas garras ni con fauces brutales, pero ellos consiguieron inventarse un arma efectiva que a menudo logra liberarlos de su némesis, y le llamaron arte.

A los cusumbos solos poco o nada les importa lo que digan otros animales, pero entre ellos sí se toman muy en serio sus comentarios. Los ocupados rinocerontes y las desalmadas hienas se mantienen despreciando a estos misántropos. Los cusumbos solos con el tiempo toman la habilidad de endurecer su cuero cada vez que los hacen llorar. Al cabo de unos años ya casi nada les afecta, quizá sólo la incertidumbre de la muerte, a la que esperan mohínos, a diferencia de las vitales águilas que vuelan alto sobre sus ajetreadas cabezas. Aunque no lo parezca, los cusumbos solos son en extremo inteligentes; nunca se preocupan por hacérselo notar a las demás especies; dudosamente lograrían descifrar sus complejos pensamientos, los cuales prefieren compartir con otros de su misma calaña. Contradiciendo al cusumbo común, el solo nunca hace alarde de sus méritos personales, ya que tampoco le interesan las opiniones ordinarias.

El cusumbo solo siempre está inconforme, escasamente logra lo que en realidad quiere, y muchas veces se ve obligado a camuflarse en labores propias del cusumbo normal para no ser descubierto. Las ideas de estos no suelen surgir fácilmente por una desventaja que nos puede parecer obvia: son mucho menos en número y al mismo tiempo no les gusta pedir ayuda en sus proyectos individuales; pero no crean que por esto han sido pocos los que han llegado a la cima. Los cusumbos solos se mantienen halagando a sus congéneres de antaño, a los que casi toman por dioses inalcanzables, y tienden a imitarlos. ¡Ay, de quien le critique un líder a estos animales!

A los cusumbos solos no les impactan las cositas que coleccionan las grullas y los zorros, ya que para ellos un lápiz y un papel es más que suficiente para sentir una satisfacción parecida, y menos costosa; a la vez, se ven limitados a ir a menos lugares que las grullas y los zorros por quedarse escribiendo en sus madrigueras diversas fantasías, por las que a veces dejan hasta de comer una buena temporada. El doctor Ushakova todavía no se explica cómo es que una raza tan propensa a desaparecer sigue proliferándose por todas partes del planeta, pero de una cosa si puede estar seguro: ellos mismos serán los causantes de su propia extinción.

2.9

En medio de tantos comentarios, risas, llantos y silencios te encuentras tú, mirando con desprecio la rayadísima hoja de papel. Pedazo de materia que se transforma en tu razón de existir, en el tormento nocturno, en la noticia vergonzosa que sellará tu destino próximo. Ves como la latosa niñita ñoña sale voluntariamente al tablero a demostrar el primer ejercicio con una leve sonrisita, porfiada de que su acto hará contorsionar los cuerpos que se encuentran atentos en sus pupitres mientras, intencionalmente, amplifica el chirrido de cada trazo al intercambiarse de mano media docena de tizas multicolor. Al aparecer un veintinueve, la mitad de los seres que ocupan el aula dan un suspiro; la otra mitad agacha la cabeza. El chasquido del papel arrugado comienza a multiplicarse por cierto intervalo de tiempo. Una anónima bola de frustración sale volando hasta el recipiente de basura, producto de una superflua noche en vela. Ya no sabes qué es peor, resignarte a pagar por el fatal error, o arrodillarte a pedir clemencia ante el desconocido y frío perfil que aplicó su sentencia a tu nombre, el cual ya no recuerda. Optas por salir desapercibido del ajetreado ambiente, sin dejar de repetirte una y otra vez que casi no es nada.

En cartelera

Drogas, putas, sexo, pandillas. Eso junto pueden verlo cuando quieran, cualquier día. Siempre estará en cartelera un tema como estos en el cine nacional colombiano. ¡Genial!

Puedes pedir un pote grande de crispetas y una gaseosa de doce onzas mientras te deleitas observando la violencia sobreactuada, la que en realidad acaba con la vida de gente inocente, la que está ocurriendo ahora mismo por allá arriba, en esos barrios donde a solas no te atreverías a entrar.

¡Vaya sorpresa! Otra cinta que muestra cómo una bala fragmentaria explota dentro del vientre de una mujer embarazada. ¡Woow! La puta esta cae moribunda por las esquirlas. Una pandilla sale corriendo a darle piso a un pillo que le reza a María Auxiliadora para que le salve la vida una vez más. ¡Uffff! ¡Más acción! ¡Más acción! El público rebosa la sala. La boletería se agota en la primera semana de proyección. Todos comentan haberla visto, y se asombran cuando aparecen estos figurantes convertidos en todas unas estrellas de cine. ¡Aplausos!

¡Oh, ciudad natal!, ¡Oh, preciado país! Luego te lamentas si desde afuera señalan con el dedo inquisidor a tu gente linda, a los que jamás necesitaron usar narcóticos para calmar sus más oscuros placeres, a los que nunca quisieron aprender a manejar un rifle, a los que salen a trabajar desde muy temprano por una patria mejor y por un mísero salario. ¿Valdrá la pena? Esa es la pregunta que muchos ciudadanos se hacen a diario. Por eso la fuga de cerebros, las hordas de latinos que apuestan todo por irse a las Europas, a las *United*

States, lejos, muy lejos de esta realidad sangre, en donde conoces el físico miedo, en donde evitas salir a la calle con dinero en el bolsillo por temor a ser asaltado, en donde los grandes sueños son cegados por la corta visión que se impone en los más jóvenes, en donde el suicida es una figura cada vez más común, en donde parir un hijo es una condena a la delincuencia.

Dos extensos mares nos acompañan. Animales exóticos conviven con nosotros. Geografía majestuosa la madre naturaleza nos regaló. ¡Y somos tan ciegos! Lo único que nuestros viciados ojos están acostumbrados a ver son drogas, putas, sexo y pandillas. ¿Qué hacer?

Made in Taiwan

—Disculpe señor, ¿podría mostrarme los robotcitos estos que están tan de moda?

—¡Claaro! —dijo complacido el hombre de la tienda, sacando sus tres últimos modelos del singular juguete que estaba revolucionando estas navidades— apenas me quedan del que se transforma en pedal. El set completo se vende por separado.

—¡¡Compro dos!! —gritó la agitada mujer, dispuesta a pagar lo que fuera por la felicidad de su niño en nochebuena, para salir a empujones del tumulto de gente que se disputaba a conseguir, a como dé lugar, los *"Biciyutsi Cyborg"*.

Maxturbator

Maximiliano Duperly era el único chico de su clase que, a los catorce años de edad, todavía no se había masturbado, sencillamente porque no sabía cómo hacerlo. Muchas veces, cuando salía a descanso escuchaba expresiones de sus compañeros como "me hice una paja en la mañana" o "me dieron ganas de tocarme por la profe de artística". Él se conformaba asintiendo con la cabeza y riéndose como todos los demás muchachos, pasando desapercibido.

Max, como le decían de cariño, había aprendido en la materia de educación sexual que una definición aproximada a lo que buscaba era "autoestimulación". ¿Qué significaba eso? ¿Era bueno, o malo? ¿Cómo era posible? No podía darse el lujo de preguntarlo, no él, ¡uno de los más aplicados del salón! Fue entonces cuando decidió averiguarlo en la *web*.

Aprovechando que la profesora de computadores tuvo que salir del aula a coordinación, la mayoría de sus alumnos ingresaron a la tan prohibida carpeta de juegos. Responsablemente, Max se empeñó en consultar. ¡Oh, sorpresa!; sexo; ¡vicio!: tetas, vergas, culos, lesbianas, travestis, tríos, negros, *DP,* corridas, faciales, orales, fetiches, *bondage, cuckold,* necrofilia, coprofagia, androidismo, bestialismo, *feeding,* gonzo, rusas, cubanas, *gang bang,* dildos, voyeurs, *cruising, swingers,* putas, ¡y más tetas! La memoria *RAM* del ordenador estaba colapsando. Los chicos comenzaron a hacerle ronda, mientras él intentaba desesperadamente pulsar "X" por cada ventana emergente. En esas lo pilló la maestra, mandándolo a rectoría a que le impusieran en su reporte dos semanas sin asistir al colegio. Se tomó sin cuidado las represalias. Se había instruido en ese reducido periodo en cómo se hacía una "chaqueta".

—Aaaghht...

El adolescente gemía en su sexto orgasmo de la tarde, sintiendo cómo el semen (mucho más aguado que el anterior) quedaba pegado entre sus vellos púbicos. Tres años pasaron, y Maximiliano no dejaba de practicar este hábito hasta ocho o más veces por día (aunque ya se había batido un récord de veinte corridas en un fin de semana). Al inicio le dio mucho miedo, pero una vez se acostumbró, nunca pudo dejarlo. Su mamá ya lo había pescado en el pasillo, en el patio, ¡hasta en el balcón!, en horarios tan extremos como las 3:30 AM y las 11:45 PM; ya no dormía. Cada día se veía más demacrado, más recurrente a consolarse, enfermo; para él no bastaba. Creyó haber encontrado el sentido de la vida. Cuando su papá lo botó de la casa por adicto y depravado, buscó rápido otro refugio en busca de excitación, y ya hasta las monjas habían mandado a talar los árboles de los alrededores del colegio para evitar escuchar más quejas del "pajero exhibicionista entre el follaje", y así contribuir a que las niñas salieran seguras de regreso a casa.

Maximiliano ya había tenido otros arrebatos de libido de tercer grado. En una ocasión, mató al gato de su novia por la mera urgencia de estimularse con su cuerpo. No conforme, Maxturbator (como lo habían apodado los que alguna vez le conocieron en el instituto, y ahora insistían en decirle que quemara esa etapa del onanismo) decidió ascender un nivel más en su escala del delito: el secuestro. Grupos de jovencitas yacían desnudas y amarradas con correas de cuero en un sótano que se había conseguido en los suburbios. Aunque parezca especulación, ninguna de ellas fue violada en cautiverio, puesto que él sólo se limitaba a masturbarse, día y noche, en frente de ellas, hasta caer desmayado del cansancio contra el húmedo piso. —Me prendía verles esas caras de perras— confesó ante el jurado que lo acababa de condenar a cuarenta y cinco años de prisión, sin acceso a su pene, de hecho.

A la edad de treinta y nueve años, Maximiliano murió demente (y virgen) en su celda. Intentó frotarse desesperadamente las orejas, los pies y los labios contra los muros hasta sacarse sangre, pero el disfrute nunca fue tan intenso. En serio, pensé que su entierro iba a ser mucho más concurrido, pero no logre ver a ninguna de esas exuberantes nenas que aparecían calientes en los periódicos y en las revistas XXX que tanto gustaba ojear. Tan sólo había una mujer, su madre, al lado de un grupo bastante crecidito de púberes que jamás concibió cómo es que su más ejemplar excompañero Duperly se les había convertido en el mártir del consuelo.

Monólogo de un suicida

—¿Por qué he vuelto a venir?, si sé que me causa dolor...

Aquí estoy de nuevo, haciendo presencia en medio de esta parranda de idiotas. Gente que ríe, gente que te saluda, gente que se atreve a platicar contigo sin siquiera conocerte, gente que te pide permiso, gente que te ama y que te odia. ¿Importa? Ya sé que no. Ni me va ni me viene saber quién eres o quién fuiste. Es algo que puedes guardarte en lo más profundo de tus intestinos. Sencillamente, no me interesa. ¿Eres cirujano, o carnicero? ¿Cuál es la diferencia? No lo sé. Ambos han nacido por la misma parte, y ambos visten la misma bata blanca. Igual, los dos se manchan de sangre y quedan satisfechos cuando su cliente sale sonriente de sus lugares de trabajo. ¿Y por qué sonríe el cliente? Sencillo. Porque le solucionaron su problema, ya sea de hambre o de salud. Es lo único que a la final importa de ti, el servicio que le prestes al otro, el que tú me has prestado alguna vez. ¿Sabes una cosa? A mí me importa un carajo prestarte mis servicios; no estoy a la venta, y tampoco necesito tu insulsa sonrisa, ya te lo he dicho. ¿Y el dinero? Ahh... el precioso dinero, por el que algún día me preocupé, ante mis ojos no es más que un fajo de papelitos verdes llenos de frustraciones, de alegrías. Es increíble la cantidad de sensaciones que producen. No hay ninguna más emocionante que la que se desata en el segundo en que los rasgas por la mitad, justo entre la nariz y la boca del personaje que está impreso en una de sus caras. ¿Quién es ese personaje?; nada más que alguien que dio su vida trabajando por la humanidad, ¿y qué?; ¡tiene como noventa años de muerto! No me explico por qué le rinden un homenaje de este tipo; ¡no es más que un montón de huesos! Sí, su tumba está llena de flores, ¡y a mí me vale! ¡Jaja! Tanto problema para salir en el papelito que estoy partiendo en dos. ¿Para eso hay que sacrificarse? ¡Jaja! ¿Qué puedo comprar? ¿Lo que supuestamente está de moda? ¿Algo que brille, suene o tenga estampada una marca a la vista de todos? ¡Ja! La historia es infinita, gente que va y que viene, y yo sigo aquí, sin ningún interés en hacer algo para cambiarla. ¿Se supone que me afecta? ¡Yo no quiero vivir ni del puto trabajo, ni de la puta ciencia, ni del puto arte!, ¡y mucho menos de la caridad! Hoy, un batallón de muertos ha caído en combate. ¿Se supone que me afecta? Por eso nunca leo el periódico, ni escucho la radio, ni enciendo la computadora para informarme... la computadora... esa la uso para otras cosas. Esa inseparable amiguita virtual que me drena la vida cada vez que la enciendo, que hace que el tiempo corra despaciosamente mientras me desgasto aquí sentado, plantado como un árbol físicamente. Su seducción artificial hace que mi mente me abandone y me haga jugar sucio. Me hace morir entre dígitos y pantallas parpadeantes. Tiene mi control y yo el suyo, y seríamos felices por toda la eternidad si no gastara tanta luz. Cuando me separo de ella, mis brotados y rojizos ojos no ven más que *shows* de entretenimiento, porque la realidad del país me tiene sin cuidado... el entretenimiento; ¡miren qué tan bajo ha caído el hombre! ¡Tiene que dedicar tiempo para entrctenerse!, viendo la tele, enfrascándose en una cancha de fútbol o pagando una prostituta, ¡una que al igual que tú te presta un servicio, y al igual que tú te pide dinero, y que al igual que tú lo necesita para comer o para curarse en salud! ¿Lo ves? ¿Ahora lo ves? Todo es un mismo ciclo. Aunque intentes escapar, no lo lograrás. El ser humano se conforma fácilmente: nacer, crecer, reproducirse y morir. ¿Qué tal si decido morir de una buena vez? Dicen que es malo... ¿qué tan malo? ¡Qué me importa lo que digan! Si la película es un bodrio, tú la adelantas. Si la trama es circular, tú la adelantas. No importa en cuantas aventuras participes, puesto que en la noche volverás a estar solo. Te darás cuenta de que tu hábitat no es más que un entorno intercambiable, en el cual sólo puedes interactuar momentáneamente; que nada cambiará si estás o no estás, y si cambia será para efecto de los demás, y los demás no me interesan, y si cambia para mí me producirá dinero, placer fugaz o tristeza, y esas cosas o sentimientos ya me son tan comunes y tas triviales que me repugnan. ¿Saben qué? Por eso considero que soy disímil, que puedo volar libre por el espacio, que me puedo levantar por encima de sus cabezas y tocar el infinito; porque acepté que soy un error biológico y me niego como tal; entre todo el cesto de desperdicios, yo soy una cáscara de plátano más; porque asquerosamente por mi sangre aún corren rastros de la sociedad, huella de petróleo que cubre mi cristalina esencia, la que fue castrada al combinarme entre ustedes, al ser igual a ustedes, al salir del mismo y profanado molde del que brotamos todos, misterioso como lo existente en otros mundos. ¿Y qué importan los otros mundos? ¿Y qué importa este mundo? ¿Y qué importo yo? Matarme. Eliminarme de la faz de la tierra. ¿Es esa la salida? ¡No! Sería demasiado simple. No quiero copiar a nadie. No quiero ser una copia que muere como otra copia. ¡Bahh! ¡Hasta la muerte es un acto repulsivamente simple! No vale la pena. No tengo ningún interés en saber qué mierda contiene. ¿Entonces continuar vivo? Me da cefalea cada vez que lo pienso... ¡¡Aggght!! Ya encontraré la forma de partir... ¿Cuándo acabará esta locura? Cuestión de tiempo... pero...

¿Por qué he vuelto a venir?, si sé que me causa dolor...

Otros-Manes en serie

(Otro-Man series / Episodio #7)

—¡CONVERTIRÉ SUS CUERPOS EN POLVO CÓSMICO! ¡AH-AHA-HA! —dijo la apenas reconocible voz de Groak a través del equipo integrado en su formidable robot.

Lorelei, Olsen y Wolhnyr estaban ahora juntos y a la expectativa de lo que su "gigantesco" contrario tratase de hacer. El robot parecía estar aprendiendo a caminar.
—HUHUMM… ¿SERÁ ESTE EL BOTÓN? —se le oía murmurar a Groak por el megáfono. El robot realizó algunos movimientos sin sentido.

—¡No puedo aguantar más esta situación! —exclamó Lorelei, mirando hacia el tembloroso piso—. Los guardias que permanecían heridos por ahí y habían logrado incorporarse se dieron media vuelta, saliendo ahuyentados de la base, la cual estaba a punto de demolerse.

Olsen luchó por serenar su mente, concentrando su poder. Hizo emerger su gloriosa espada, asiéndola con las dos manos, y blandió una estocada fatal a la "banana mecánica". Cuando el filo de su arma golpeó la superficie citrina del robot, esta hizo un rebote tremendo, lanzando a su portador contra un montón de cajas localizadas a varios metros. De haberse impactado directamente contra los muros de metal, habría explotado como un globo de agua.

—¡JA-JA-JA-JA!, ¡¿QUÉ ESA ESPADA NO ES DE GEONDARITA?! —le gritó la robótica voz de Groak a Olsen, tendido bajo los escombros.

—¡Enfréntate a mí! —gritó Wolhnyr, enlazando las piernas del enorme robot con su sensacional látigo.

—¿NO CREERÁS QUE ESO PODRÁ DETENERME? ¡¿O SÍ, MAGO DE FERIA?! -le dijo Groak al agitado aprendiz de hechicero.

—No, ¡¡pero esto sí!! —gritó Wolhnyr, efectuando un salto impresionante, quedando al nivel de la cabina en donde se encontraba Groak. Sus ojos decididos hicieron tiritar a los del pequeño marciano, quien se puso a oprimir botones al azar.

—¡¡¡Inmolación!!! —exclamó Wolhnyr con todas sus fuerzas al agarrarse del cristal y explotar en las alturas.

—¡¡¡Wolhnyr!!! —gritó alarmada Lorelei. Olsen apenas si pudo sentir los vidrios que caían sobre él.

Una nube de humo cubrió la superficie del robot; poco a poco esta se fue difuminando, dejando ver la destrucción que la detonación del mago había causado, quedando este malherido con graves quemaduras, fuera de combate. Inauditamente, la mole estaba en pie.

—EHE-EHE-EHE... —dejó salir Groak por el único parlante que le funcionaba.

—¡¡¡Enano pernicioso!!! —gritó Lorelei entre sollozos.

—EHE-EHE-EHE… —repitió maliciosamente Groak, apuntándole a Olsen con uno de los cañones funcionales de su robot.

—¡¡¡Olsen!!!

Un potentísimo rayo láser atravesó la anatomía del espadachín. En lugar de desintegrarse, Olsen se duplicó, y se duplicó, y se duplicó, y se duplicó…

—¿RAYO CLONADOR? ¡¡¡NOOOOO, ME EQUIVOQUÉ!!! —gritó Groak embravecido, refunfuñando y dándole puñetazos a su panel de control.

—¿Qué pasó? —se preguntaron todos los Olsen al mismo tiempo.

—¿Quién es el que tiene los poderes sobrenaturales? —le preguntó Lorelei concisamente a los numerosos clones, como si no se hubiera sorprendido en lo más mínimo por este inusitado suceso.

—¡Yo! —respondieron los Olsen.

—Mmm, haber... ¿Quién es el antes llamado Odhrán? —preguntó Lorelei.

—¡Yo! —la réplica fue unánime.

—¡Ay, no! ¡Me está dando jaqueca! No sé... ammm... ¿Quién es Otro-Man? –indagó Lorelei, sin saber por qué.

—¿Otro-Man? —vacilaron los clones.

—Yo —contestó Olsen.

Continuará...

Escribir duele

La demencia se apodera de tu ser cuando este se doblega ante la presencia de otro, ávido de socavar al tuyo por el hecho de haberte engendrado años atrás, y es que escribir duele cuando las letras se plasman con sangre, con miedo, con desprecio.

En lo profundo eres único e irrepetible, pero en realidad eres tan cercano a Dios como todos los que dicen estar hechos a su imagen y semejanza; uno que tiene que seguir por el resto de su vida el siguiente mandamiento: "las letras están prohibidas"; tal cual, "las letras están prohibidas", sí. Sólo alguien con demasiado tiempo libre se vería tentado a tocarlas, ¡o a siquiera leerlas! Un oficio que no es porvenir en la era del no pensamiento, del dinero fácil y el egocentrismo mental, en la cual no les preocupa más que lo que ven en las telenovelas latinoamericanas o lo que se escucha murmurar del inquilino de al lado. De entre los sentimientos aflora la envidia, la cual nació en el mismo instante en el que se creó el hombre, y de la que este derivó tres ramas fundamentales: la envidia del dinero, la de lo académico y la de la posesión carnal. ¿Y quién envidia la esencia? Es tan personal que no puede verse como algo propio. Es tal su abstracción, que no ayudaría a seguir el prototipo de Homo-Sapiens ideal, global, preestablecido: la sombra del fascismo.

¿Comprenden por qué escribir duele? ¿El por qué el prototipo humano tiene miedo a ir más allá de conseguir trabajar técnicamente? Porque exponer el ser les parece vergonzoso. Porque el interior está vacío de sí mismo. Porque las cosas disfrutan siendo sus amos y señores. Pero igual que el capitán no le pide permiso a su madre para eliminar el pelotón enemigo, las letras invadirán la decadencia innata de la sociedad.

¡Sión, abre la puerta! Con quedarte ahí dentro no solucionarás nada. Hace un lindo día allí afuera, y los libros no son la salida a tu despropósito. ¡Vamos, güevon tan bobo! ¡Este es vuestro cuento, y podéis escribir en él lo que se te venga en gana!

Privado de la libertad que el castellano ofrece, una quijotesca expresión se delinea en tu rostro. Te quitas los grilletes que te ataron a una existencia vectorial, y empuñas el sable que sólo los hidalgos caballeros utilizan para combatir en la ciudad, en el hogar y donde sea que el silenciamiento de la expresión se considere como ley de hierro. A nadie más que a ti te importa; razón más que válida para hacer rodar cabezas huecas.

Canibalismo intelectual

(¡Mamola!)

—Nadie es profeta en su tierra —dijo una vez El Profeta, hecho carne para caminar con sus enseñanzas hacia otras naciones, huyendo de su propio pueblo. Ahora bien, ¿vale la pena el patriotismo si a esto nos reducimos? ¡Mamola! Lo que antes era, ya no es más. El Rey va al cielo y el pueblo queda abajo, rehaciendo su existencia con las sobras que les ha dejado en vida; otra vida que se va.

¿Y yo, uh? Devanándome los sesos por un reconocimiento tan pasajero que ni te percatas. ¡Ja! El ciclo es eterno hasta que el vulgo te succiona tu última neurona y te la escupe en la cara. ¡Mamola! El tiempo es lo más preciado Casiopea, y no puedes andar regalándolo, salvo que valga la pena. Nada se olvida más rápido que la página de un libro, aun así, no puedes detenerte sin escribir otra hoja más. ¿Por qué? La fama no es el final, y la inmortalidad es un desvarío si lo reflexionas detenidamente. El renombre no importa demasiado si ya no existes, así que no me exijas nada que de seguro en seis meses o menos no te acordarás de mí. ¡¿O me equivoco, querido lector?!

¡Mamola! Mi dinero también se me va por divertirte unos minutos, por dejar que me escuches al otro lado de los medios, por jugar a este canibalismo intelectual en el cual tanto tú como yo comemos, hasta saciar nuestro apetito de una buena historia y de otra crítica más. ¡Jeje! Prostitución a flor de piel. Corrupción de los sentidos. Manía al que está allí. Movimiento de retinas que buscan placer en mis pensamientos. ¿Y todavía tienes el atrevimiento de exigir más, puta? Estás trastornado, lector. Confórmate con lo que hay o búscate otro medio para hacer volar tu retorcida mente, ¡pero, mamola!, ahora todo marchará de otro modo. Mi interés no será que me leas, ya me cansé de suplicar. Desde hoy tendrás que buscarme. Yo puedo guardar mis palabras, tú las necesitas; ellas seguirán brotando, tú te las pierdes.

Libertad de expresión, libertad de acción. Ya veremos cuando nos encontraremos de nuevo, quizá cuando yo quiera. ¡No creas que por decir esto soy egoísta! Es más que justo, puesto que cada autor de ficción es escriba de sus falacias, tú tan sólo las consumes. Sólo me resta desearte que la vida nos siga dando vueltas por separado, amigo lector, y que nos lleve a donde siempre hemos querido llegar. Pero no esperes respuesta de mi parte, cual esclavo a su amo, puesto que para entonces quizás yo ya esté muy, muy lejos, fuera de tu alcance.

Censura marital

—¡Inepta, estúpida, tonta, ilusa! ¡Desocupada, burra, atolondrada! Esas eran las palabras que ahora, entre algunas otras, definían mi personalidad, hendiéndose bruscamente como dagas aserradas en mi subconsciente. La fugaz fascinación de mi marido terminó de abrupto cuando pronuncié otra vez el peor insulto que un macho pueda recibir en su hinchado ego masculino: soy escritora de cuentos, ¡¿lo recuerdas?!

—¡Tú y tus pendejadas! —gritó el hombre iracundo, rompiendo mi cuaderno de notas en dos mitades— qué talento tan inútil el que tienes. Confieso que das lástima. No sé en qué momento sentí atracción por una mujer anormal como tú —remató antes de retirarse, cerrando de un portazo—. El aire liberado hizo que una página garabateara levemente en el aire, como queriendo decir algo. Finalmente reposó entre mis cabellos ralos, esparcidos por el piso, aún pegados de mi cuero. Permanecí tendida en el suelo durante unos minutos más, tratando de asimilar la golpiza. Con el rabillo del ojo conseguí identificar que se trataba de uno de mis poemas por la manera en qué estaba escrito, pero mi visión aún nublada no pudo identificar cuál era. El párpado me latía; intuí que se estaba inflamando.

Cualquiera pensaría que mi reacción inmediata sería llorar, gritar y buscar ayuda, pero no. Ni siquiera pude culparlo. Ni siquiera podría decir que no lo mereciera. Debo admitir que estaba pensando en Amelia, la vecina. Sería casi una contrariedad que mi marido ya no se hubiera acostado con ella. No era una mujer especialmente esbelta, pero a todas luces se trataba de una *dame* de verdad, de esas que cualquiera desearía. Si me lo preguntan más concretamente, no sabría decir que es lo que podría envidiarle, pero ese "algo" es lo que a mi hombre seguramente lo vuelve loco, ese aire de normalidad. Al menos no carga con un demonio creativo, con una mente abismal, y con ese tipo de atemorizantes virtudes que me condenan a ser una extrañeza femenina, las que hacen a mi marido un ser violento. Dudo mucho que Amelia lo hiciera enojar con una de sus ricas tartaletas de brevas, o que lo aburriera con sus parloteos cotidianos. Pero yo sólo produzco letras, pensamientos. Quizá si soy una mala mujer después de todo. Él sabe que puede conseguir fácilmente en cualquier lugar a una como Amelia, y lo hará. Seguramente ya lo hizo, y no dudaría que haya corrido a encontrarse con ella. ¿Podría yo culparlo por hallar lo que todo hombre quiere? ¿Podría yo conquistarlo con el más bello de mis poemas? ¿Con aquel que acabo de dejar inconcluso?

Por fin, un par de largas lágrimas resbalaron lateralmente por mi cara. Ya dudaba incluso de si podría considerarme una mujer en algún aspecto. Ni siquiera dudaba de mi completa inutilidad. Imaginé al Espíritu Santo vomitando fuego sobre la cabeza de cada muñeca de barro creada por Dios, y que escupiera sobre mí la absurda chispa de escritora, mientras otras eran bendecidas por el don de la confección, o del multiorgasmo. Desayunos perfectos. Vigor atlético. Dones aptos para un ama de casa contemporánea. ¡¿Pero escritora?! De sólo pensarlo me sentí momentáneamente en un antiguo siglo, en una prisión perdida, como una reina exiliada escribiendo con sus heces fecales algo ilegible sobre tablas de piedra.

Así que me levanté y fui al tocador. El daño no era muy evidente, pero sin duda se me abultaría el párpado sobre el ojo para mañana. Al fin y al cabo, esta golpiza no fue de las grandes. Tal vez mi marido ya esté perdiendo la noción de que unos golpes más me puedan hacer reaccionar, y prefiera sencillamente perderse por ahí. No sé si desearía que fuese así, que uno de sus puños me hiciera perder temporalmente el conocimiento, y que de un momento a otro mi cerebro adoptara su forma original, siendo mi vena literaria colapsada para siempre. Me levantaría del piso, me agradecería y nos besaríamos tibiamente. Renovaríamos nuestros votos, y seríamos una pareja más, como tantas otras, bajo la protección de una sana falta de expresión personal. Cuando le hablara de arte, le pintaría una naranja. Técnica: bodegón en tonos sepia, y la colgaríamos en el centro de nuestra sala-comedor, en la cual lo esperaría un café humeante complementando un desayuno delicioso, receta inglesa, especialidad de la renovada esposa después de la lobotomía de sus neuronas malignas enfermas de ideas. Mi marido estaría tan complacido que me pediría sexo oral sin aún haberme cepillado los dientes.

Volví a mirarme en el espejo. Mi ojo ya había adquirido una nueva tonalidad violácea.

El pozo que habla

Que el iris de sus ojos sean crisoles gríseos, en los cuales se refleje el cerúleo firmamento de tu cada amanecer. Que su carnosa lengua te enzalame en lenguajes forasteros. Que su semblante sea objeto de presunción. Que nade, toque al piano; sea capaz de caminar parado de manos hasta el otro lado de la sala de estar. Que haya aprobado el examen de chico explorador. Que del empeine hasta el talón tenga una fina curvatura, y que sus piernas se vean largas, como de liebre, cuando se acueste en el césped. Que sus eructos sean música, y su mal olor, discreto. Que coleccione corbatas, calcetines y cargaderas. Que su recreo sea comprar terrenos, y por donde camine, broten nabos y calabazas. Que pare el tiempo y lo acelere. Que los colores del prisma combinen con su piel. Que nunca haya quemado un pan tostado, y si lo hizo, haya sido motivo de risas y carcajadas. Que nunca haya tenido ni por asomo un enemigo. Que cabalgue, madrugue sin la asistencia de una alarma despertadora, ame a los sin techo y tenga la bendición de las monjas. Que cuando lances una piedra en su pozo, sólo se escuche el sonido de su rebote en el fondo; que al gritar sólo se oiga el eco de tu voz.

¿Recuerdas cuándo gritaste en aquel pozo, y el pozo hablaba? Fue asombroso. Le hablaste, y el pozo te respondió con voz propia. Así es, un pozo que hablaba. Al principio te pareció imposible, luego inusual, y después te pasabas las tardes conversando con la voz del fondo del pozo. Era algo tan familiar que se convirtió en tu amigo secreto. En algún instante, las palabras del pozo no fueron las que quisiste escuchar, y arrojaste pesadas rocas en su interior. Ya la idea de que un pozo hablara te pareció absurda, pese a lo extraordinario. Ahora, en cada oportunidad que gritas en un pozo, esperas a que responda, pero el eco de tu voz te alivia. No hay voz en el pozo. ¡Eso es, calla! Los pozos no hablan, piensas. Claro está, los pozos no hablan. Te viene a la mente el cubierto por las rocas. Pestañeas. Ante un Dios carnívoro, ¿cómo juzgar a Caín como el malo, con sus uñas magulladas llenas de tierra, sirviendo la ensalada ante un sobrevalorado, afeminado, ovejuno y mamón Abel? Su pecado, ensuciarse las manos. Hablamos de tiempos primigenios... Seamos francos, todos queríamos ver si sangraba, aunque fuese un poco.

Así que quédatelo, asegúralo, pero no lo leas. No hay qué. En esos terrenos no tiene poder, ¡me pertenecen! De mis mil gracias, ¡el escribir!

Desaire a lo Pollock[5]

(Soledad 2)

Cuando la canción terminó, el redoble de batería no se detuvo, siguiendo un compás que obviamente ella reconoció.

---

[5] Paul Jackson Pollock, influyente pintor estadounidense y principal artista del expresionismo abstracto.

—¡Poldo! —exclamó emocionada, saltando de la mesa, mientras que él se levantaba de su bajo taburete para descender del escenario del pub.

Era más espigado de lo que aparentaba oculto detrás del instrumental. No podía adivinar de dónde era; fehacientemente, no de por aquí. Presumo que uno de sus conocidos de antaño, véngase a saber de qué procedencia o época. Era innegable que ya habían follado. No es que sea precisamente posesivo, pero el cambio en su gesticulación al ruborizarse me lo desveló. Quise admitir que era de lo más natural... en sí, lo que capturó mi campo visual fueron sus estrafalarias zapatillas color queso cheddar. Supuse que en realidad si se había calzado con productos lácticos, y se me regurgitó una bilis con el sabor de sus gomas tras haber pisado chicles, cacas y escupitajos en las aceras del callejón. Refrené una arcada.

—¡Sí eras tú! ¡Te ves muy distinta! —le dijo Poldo—. Para mí, estaba tan igual... como un lienzo en un tono sólido encarnado. Los demás, rellenos con pigmentos uniformes terrosos, agua, pastel. En contraparte yo, con adustos brochazos y chorreos asimétricos en matices inverosímiles trazándome.

Abrí la palma de mi mano sobre el mostrador, añorando preservar el tacto de las vetas del rústico tablón, en una inane aspiración de anclarnos al presente, antes de que nuestros aislados latidos decrepiten, y de que fluya en un torbellino de contornos desnudos e inciertos.

Time dex machina

(Otro-Man series / Episodio #8)

Antes de que pudieran atacar en masa, una ojiva extraterrestre cayó de la parte baja del robot, cómo si un gran plátano de aluminio se despojara de una rebanada. La explosión aniquiló al montón de Olsen falsos, esfumándose. El rango de la explosión fue de al menos cuatro manzanas a la redonda, exterminando también parte del escuadrón enemigo y toda forma de vida cercana. Esto último no le importó a Groak en lo absoluto. ¡Estaba colérico! Haber cometido aquel error del rayo láser fue algo que acabó con su raciocinio. Ya no le motivaba el dominio; ambicionaba la destrucción cabal. El verdadero Olsen, Lorelei y Wolhnyr sólo sobrevivieron a causa de un hechizo de precaución, conjurado por el mago desde que cruzaban el portal negro en la umbría. De ocurrir algo devastador, los tres serían temporalmente invulnerables por un segundo entero. Esto sólo sería efectivo si el poder mágico de Wolhnyr estuviera al límite, aunque requiere de la energía de todos los protegidos. Tuvieron suerte, pero como consecuencia ninguno posee las suficientes fuerzas para luchar. Sin embargo, pasada esa fracción de gracia, la onda de destrucción arrastró sus cuerpos por varios metros en dirección contraria al robot que, pese al caos y al hollín, seguía reluciendo de una manera siniestra.

A Lorelei le hubiera gustado despedirse de una mejor manera de sus amigos; no contaba con estamina disponible para hablar; ninguno de ellos la tenía. Si le escurrían lágrimas es porque ellas mismas manaban de sus ojos, no porque pudiera entrecerrarlos. Wolhnyr pensó en la posibilidad de comunicarse de manera mental con algún resquicio de magia, pero realmente se le consumió por completo. Cada esfera multicolor se había desvanecido con la sutileza de una pompa de jabón al momento del estallido, para preservar la integridad de los tres. Olsen se resignó, percatándose de que su traje de superhéroe se había difuminado en un haz seco de luz; desprovisto de la cubierta de geondarita en sus ropas, sintió que el aire soplaba gélido; el suelo estaba aún caliente tras el impacto.

El parlante funcional de Groak transmitió el ruido de una respiración apagada. El robot dio un firme paso hacia ellos; la tierra tembló lo suficiente para hacer saltar ligeramente sus cuerpos. El espacio era demasiado desolador, incluso para el extraterrestre. Un paso más, y todo habría terminado. Una pisada gigante aplastando la integridad de tres exánimes organismos. Una victoria demasiado trivial como para degustarla. El robot de Groak enfocó el lugar dónde debía pisar durante unos pocos minutos, antes de poner en marcha su mecanismo.

La atmósfera fue cubierta con la desmedida planta del pie derecho artificial. Ni siquiera el intenso olor a alquitrán provocó que los sentidos de Olsen reaccionaran. Sólo logró ver cómo una especie de diamante amatista apareció, girando precipitadamente. Un estallido interdimensional causó que el robot tropezara, obligándolo a dar un par de torpes pasos hacia atrás para recuperar la compostura. De la gema romboide se proyectó una corona, ornamentando la cabeza de un enigmático hombre. Su capa ondeaba hasta los bordes de una armadura dorada tan relumbrante como la coraza del robot. La piedra preciosa dejó de rotar, situándose a la altura del centro de su frente.

—No sobrevivirán —dijo el, ostensiblemente, príncipe de alguna parte— ¡Lorelei, Olsen, Wolhnyr! Viajo hacia el pasado, y he visto en el camino sus calamitosas muertes. No les diré lo que este sujeto, proveniente de la raza *conzora,* hizo con sus maltrechos despojos luego de machacarlos repetidas veces contra este sólido terreno.

Los tres depositaron sus miradas vidriosas en la figura de aquel individuo. Levitaba como producto de una quimera, a punto de ser destruida por el inadvertido rodillazo de la "banana mecánica". Con sólo voltearse, aquel misterioso caballero la paralizó.

—Entiendan que este monstruo destruyó esta dimensión y en la que encarnó Olsen, que es la misma mía —dijo el hombre—. Los ojos de Olsen se hubieran desorbitado de sus cuencas en condiciones normales. Prosiguió.

—Si Groak se abastece con la geondarita restante, se hará indetenible. Mi misión es ir al momento del origen de su fuente, ¡y así evitar que exista!

Las lágrimas no dejaron de caer bordeando el rostro de Lorelei. Sin geondarita, Kurfar, el padre de Odhrán, no habría forjado la magna espada. Sin la espada, no habría superpoderes, ni saltos entre los mundos. Es decir, Odhrán no habría sido Olsen. Lorelei no habría conocido a Olsen; en conclusión, Olsen no existiría.

El hombre coronado no pudo contener su congoja. —Existe más de un tipo de geondarita. Su fuerza reside en romper el espacio-tiempo. El caso de Olsen se trató de una de estas irregularidades provocadas. En el futuro, yo mismo intenté probar de manera concienzuda con ella, y lo logré. Fui feliz... pero Groak también lo consiguió— explicó compungido.

El padre de Odhrán permanecería aún con vida. Wolhnyr estaría bien de cualquier modo. Y si el destino existe, Lorelei y Olsen tendrían algún motivo para coincidir… en eso estaba pensando, cuando una tormenta nebulosa de fulgor violeta lo envolvió todo para llevarlo a su estado original.

Kettlebell de 203 LBS

Un útil obsequio en manos de culturetas ávidos de leer y diseccionar una página pesada. ¡Pretenciosos! Sólo un auténtico artista de la mímica interpretará el cénit de este relato con tratar de sostenerlo entre sus guantes.

¡Alá, ve a Alí! (Experimento silábico)

Alá, yo amo tu faz.
Alí, yo soy tu apá.
Alá, yo en vos me fío.
Alí, vos sos mí crío.
Alá, te doy a Alí
pa` tú ver por él
y yo ver a ti.

candrescritor.wordpress.com

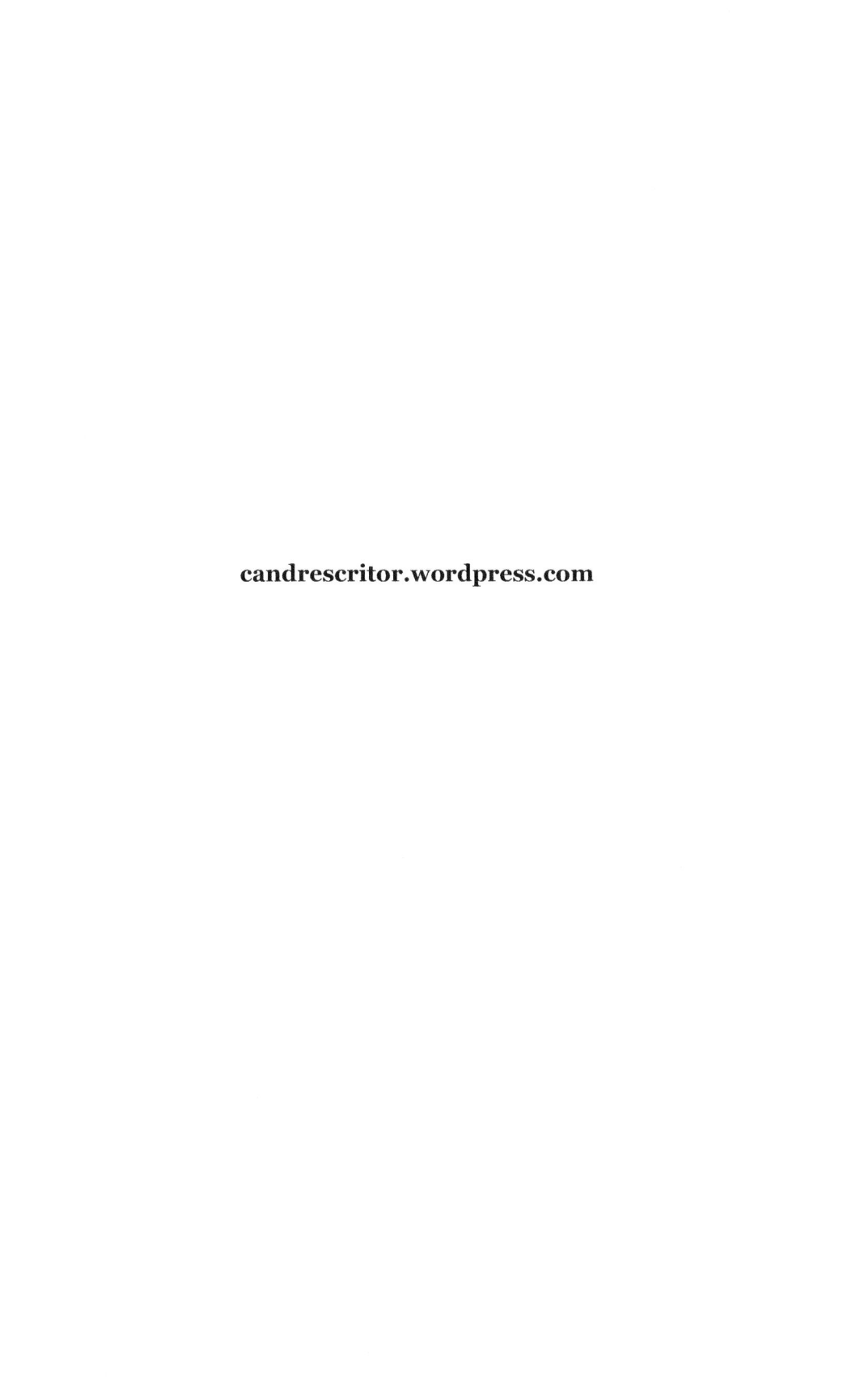

Printed in Great Britain
by Amazon